HANS G. FRANCISKOWSKY

Wendy

Pferde in Not

SCHNEIDER BUCH

Die Deutsche Bibliothek – CIP-Einheitsaufnahme

Franciskowsky, Hans G.:
Wendy / Hans G. Franciskowsky. – München : F. Schneider

Bd. 7. Pferde in Not. – 1993
ISBN 3-505-04967-0

Hrsg. Helga Wegener-Olbricht

Dieses Buch wurde auf ein chlorfreies,
umweltfreundlich hergestelltes
Papier gedruckt.

erschienen im Franz Schneider Verlag GmbH
Frankfurter Ring 150 · 8000 München 40

Titelfoto: Ehapa Verlag
Umschlaggestaltung: Claudia Böhmer
Herstellung: Gabi König
Satz: FIBO Lichtsatz GmbH, München, 11' Garamond
Druck: Presse-Druck, Augsburg
ISBN: 3-505-04967-0

Inhalt

Ihr Heuchler!

Die fünfzehnjährige Gwendolyn Thorsteeg, Wendy genannt, saß im Sattel ihres Westernpferdes Miss Dixie, das am offenen Gatter des Abreiteplatzes stand. „Ajax von Achym ist sehr gut! Er geht viel leichter über die Hindernisse als Miss Dixie!" erklärte Wendy.

Gesine, die zusammen mit ihrer Mutter, mit Wendy, Bianca und Vanessa auf dem Abreiteplatz des Reiterhofs Lindenhöhe trainierte, schüttelte den Kopf, so daß die dunklen Locken flogen. Sie war dreizehn Jahre alt, schlank und sehr sportlich. Seit einem Jahr hatten die Mutter und sie ihre Pferde auf Lindenhof stehen, aber erst in den letzten Wochen hatten sie mit intensivem Springtraining begonnen. Gesine wollte an einigen Turnieren in den umliegenden Orten teilnehmen, und Wendy glaubte, daß das Mädchen mit dem Holsteiner Wallach Ajax von Achym Aussichten hatte, dabei sehr gut abzuschneiden oder gar zu gewinnen.

„Vorläufig ist Miss Dixie noch leistungsstärker", erwiderte Gesine. Am Tor zum Abreiteplatz stieg sie aus dem Sattel und sah zusammen mit Wendy zu, wie ihre Mutter, Wendys beste Freundin Bianca und Wendys Cousine Vanessa mit ihren Pferden über die nicht sehr hohen Hindernisse sprangen. „Aber Ajax von Achym wird sich noch steigern!“ Gesine rief ihr Pferd stets bei seinem vollen Namen und nannte es niemals nur Ajax, so wie es die anderen taten.

„Das glaube ich auch!“ Wendy lächelte. Sie mochte Gesine, obwohl sie sie oft ziemlich überheblich fand. Das Mädchen aus der nahen Kleinstadt war eine gute Reiterin, sie konnte mit Pferden umgehen. Beinahe jeden Tag war sie auf Lindenhöhe, um mit Ajax von Achym zusammenzusein. Sie ritt mit ihm aus, ging mit ihm spazieren, wobei sie ihn am Führstrick führte oder manchmal auch frei laufen ließ, ohne daß er ihr weglief. Sie putzte ihn mit einer Ausdauer und Sorgfalt, daß er gepflegter aussah als jedes andere Pferd auf dem Reiterhof. Wendy fand, daß Gesine in dieser Hinsicht übertrieb. „Die bessere soll gewinnen!“ erklärte sie.

„Hoffentlich sagst du das auch noch, wenn der Sommer vorbei ist“, bemerkte Line Frederikson, Gesines Mutter. Noch einmal hatte sie alle Hindernisse übersprungen und gesellte sich nun zu ihnen. Ihre Blicke und ihr Lächeln stimmten nicht ganz mit ihren Worten überein. Sie ließen erkennen, daß sie von einem Sieg ihrer Tochter beim Turnier überzeugt war und allen anderen Teilnehmern nur wenige Chancen einräumte.

Auch Vanessa beendete das Training. Sie ritt

heran und stieg aus dem Sattel. „Mit mir rechnet ihr wohl gar nicht – oder?“ fragte sie. „Asta und ich haben uns viel vorgenommen!“ Wendys Cousine hielt sich für eine gute Reiterin und schätzte sich damit nicht ganz richtig ein. Vanessa war nicht so gut, wie sie glaubte. Und sie hatte sich auch nicht so auf das Training konzentriert, wie nötig gewesen wäre. Das wurde deutlich, als nun ein rothaariger Junge vom Haupthaus her zum Abreiteplatz kam und einen Fotoapparat auf sie richtete. Rasch zupfte Vanessa ihren Seidenschal zurecht, damit er dekorativer um ihre Schultern fiel, und dann, als der Junge eine Aufnahme gemacht hatte, nickte sie ihm lässig zu. Mit hochroten Wangen setzte er die Kamera ab und blickte das hübsche Mädchen an. Verlegen hantierte er an seinem Fotoapparat.

„Erscheint das Bild in der Zeitung?“ fragte Vanessa. Das interessierte sie nun doch.

„Versprechen kann ich es nicht“, erwiderte er und sprach dabei so undeutlich, daß es kaum zu verstehen war. „Das weiß der Fotoreporter nie!“

Gesine hatte ein wenig abseits gestanden. Sie kam nun mit Ajax von Achym heran, strich sich rasch eine Haarsträhne aus der Stirn und ließ den Jungen dabei nicht aus den Augen. Sie hoffte, ebenfalls fotografiert zu werden, doch er beachtete sie kaum. Hartmut Bandomer war vier Jahre älter als sie. Vorgestellt hatte er sich als „jüngster

Reporter" der Ostseezeitung *Brandung*. Er war ein eckig wirkender Junge, dessen Gesicht sich trotz des sonnigen, heißen Sommers nicht gleichmäßig gebräunt, sondern vielmehr mit einer Unzahl von Sommersprossen überzogen hatte. Ein dünner, zerzaust aussehender Schnurrbart überdeckte Hartmuts Oberlippe. Dieser Bart war rot wie sein Kopfhaar und alles andere als eine Zierde. Hartmut Bandomar war nicht gerade ein gutaussehender Junge, aber er schien für Gesine trotzdem recht anziehend zu sein. Während sie noch überlegte, wie sie seine Aufmerksamkeit auf sich ziehen konnte, sagte ihre Mutter Line zu Vanessa: „Deine Asta ist ein gutes Pferd, obwohl sie nicht so edles Blut wie Ajax von Achym hat!" Und während sie ihr Pferd vom Abreiteplatz führte, fügte sie ein wenig boshaft hinzu: „Und Miss Dixie auch nicht."

Wendy stockte der Atem, als sie diese ziemlich dumme Bemerkung hörte. Sie konnte sich nicht erklären, was die Frau dazu veranlaßte, spitze Bemerkungen zu machen, zumal das Training an diesem Nachmittag harmonisch verlaufen war. Auf ihre schöne Pintostute ließ Wendy nichts kommen. Miss Dixie stammte aus guter Zucht, sie konnte es allemal mit Ajax von Achym aufnehmen.

Bianca blickte Line Frederikson erschrocken an. Sie war schüchtern und zurückhaltend, und sie brachte es nicht fertig, etwas zu erwidern.

Anders dagegen Vanessa, die keineswegs daran dachte, sich zurückzuhalten und Gesine zu schonen. Herabsetzende Bemerkungen mochte sie ganz und gar nicht. „Mir wäre es peinlich, wenn meine Mutter so rumtönen würde", platzte sie heraus. „Und es genügt ja nicht, wenn nur das Pferd von edlem Blut ist!"

Erst in diesem Moment sah Wendy, daß die alte Magdalene Wegmann nur wenige Schritte von ihnen entfernt an der Haustür des reetgedeckten Haupt- und Wohnhauses stand, wo Oma Herta ihr ein paar Stücke Kuchen in ihren Rucksack stopfte.

Magdalene Wegmann war eine Frau schwer bestimmbaren Alters. Sie hatte einen kranken Rükken und ging daher tief gebeugt. Sie hatte ein schmales, von vielen Falten durchfurchtes Gesicht und weißes Haar, das sie mit ein paar Gummibändern zusammenhielt. Wendy hatte sie nie anders als mit einem alten Mantel über den verschlissenen Kleidern, einem kleinen blauen Rucksack auf dem Rücken, Plastiktüten in der Hand und mit einer alten Holzkarre mit Gummirädern gesehen, die sie an einem langen Stahlbügel vor sich herschob. Die Karre war fast immer leer. Magdalene hätte die Plastiktüten und den Rucksack hineinlegen können, was sicher vernünftiger und auch einfacher gewesen wäre, doch das tat sie nicht. Überhaupt verhielt sie sich nur selten so, wie andere es als richtig und vernünftig angesehen hätten. Sie hatte ihre eigenen Vorstellungen, ja Schrullen. Wendy wußte, daß sie irgendwo in Bahnhofsnähe in einem alten Schuppen hauste, aber gesehen hatte sie die alte Frau immer nur auf Lindenhöhe, auf einem der vielen Bauernhöfe in der Umgebung oder neben den Reitwegen, wenn sie dabei war, sich irgendwo etwas zu essen zu besorgen. Und das bedeutete oft, daß sie es sich schenken ließ. Häufig sammelte Magdalene auch altes Holz für ihren Ofen.

Während Gesine noch darüber nachdachte, was Vanessa mit ihrer Bemerkung gemeint hatte, lachte Wendys Cousine: „Sie gibt Oma Geld für den Kuchen. Nur ein paar Pfennige. Das ist natürlich zu wenig. Aber da sie bezahlt, kann niemand behaupten, daß sie bettelt!"

Die alte Frau bedankte sich nicht bei Herta Thorsteeg; sie wandte sich mürrisch ab, so als habe sie zu viel bezahlt, und schob die Holzkarre vor sich her. Als sie an Wendy und Vanessa vorbeiging, blieb sie kurz stehen, hob mühsam den Kopf und murmelte verächtlich: „Ihr Heuchler!" Dann ging sie mit schleppenden Schritten an ihnen vorbei und verschwand hinter dem Stallgebäude.

„Alte Hexe!" sagte Vanessa, aber es war keineswegs böse gemeint. Niemand konnte der alten Magdalene Wegmann böse sein, denn sie konnte auch sehr freundlich und nett sein. Sie liebte Tiere, besonders Pferde, und wenn sie irgendwo ein paar Äpfel bekommen hatte, verfütterte sie die meisten an die Pferde.

Plötzlich schnatterten und schrien die Gänse laut, und jemand rief lachend: „He, Magdalene, laß die Gänse in Ruhe! Es ist noch nicht Weihnachten!"

Wendy erkannte die Stimme von Oliver Anders, sie konnte den Jungen jedoch erst sehen, als er hinter dem Stallgebäude hervorkam. Und von diesem Moment an zog Oliver alle Aufmerksamkeit auf sich. Vergessen waren die Bemerkung von Line Frederikson über Asta und Miss Dixie und Vanessas Antwort darauf. Fassungslos blickten die Mädchen Oliver an, der sich ihnen hoch zu Roß näherte. Er kam nicht, wie sonst immer, auf seinem Sommerrappen Navarro daher, sondern saß auf dem blanken Rücken eines Schleswiger Kaltblüters. Das schwere Pferd machte trotz seiner Mächtigkeit einen beweglichen Eindruck, es hatte ein Stockmaß von etwa 1,55 m. Es war ein Brauner, der trotz seiner Größe und des beträchtlichen Gewichts im Gesamtbild harmonisch wirkte.

Ein massiges Pferd, dachte Wendy, aber es ist trotzdem schön!

„Wer ist das?" Lachend griff sich Vanessa an den Kopf. „Wo hast du den denn her?"

Die Mädchen umringten den Schleswiger, um das Pferd von allen Seiten zu bewundern. Auch

Wuschel, Wendys Hund, lief herbei. Er umkreiste das mächtige Pferd einige Male und richtete sich dann auf, um sich von Oliver die Ohren kraulen zu lassen.

„Das möchte ich auch wissen", sagte Wendy. „Woher hast du ihn? Das ist mal wieder typisch Oliver Anders!"

Der Junge blickte auf sie herab, und als er lachte, zeigte er eine Reihe ziemlich schiefer Zähne. Aber sein Lachen war nett, und er wirkte sympathisch. Oliver war sehr beliebt auf Lindenhöhe.

„Das muß ich fotografieren", rief Hartmut Bandomer. „Es ist mal etwas anderes!"

Oliver grüßte wie ein Römer, indem er die Hand auf seine Brust legte. „Hallo, Freunde der edlen Reitkunst", rief er. „Ich wollte schon immer mal ein Kaltblut reiten!" Sein Auftritt war gelungen, und er genoß ihn um so mehr, als der rothaarige Hartmut eine Reihe von Aufnahmen machte. „Ich bin heute beim Bauern Niemayer vorbeigekommen. Wir haben miteinander geredet, und da habe ich ihn gefragt, ob ich mal einen seiner beiden Schleswiger reiten dürfte. Wie ihr seht, ist mein Antrag genehmigt worden!"

„Das ist ja toll", rief Hartmut Bandomer begeistert. Er sprang um Oliver und das Pferd herum und war dabei so ungeschickt, daß er über seine eigenen Füße stolperte. „So ein dickes Pferd auf Lindenhöhe! Wer hätte das gedacht!"

Wuschel und das Kaltblut mögen sich

Erschrocken blickte er um sich, als die anderen lachten.

„Der Schleswiger ist doch nicht dick, du Dummkopf“, klärte Vanessa ihn auf. „Es ist ein Kaltblut! Diese Pferde werden so groß und mächtig. Wenn du dich schon darauf verlegt hast, Pferde zu fotografieren, dann solltest du wenigstens ein bißchen Ahnung von ihnen haben. Kaltblüter sind einfach große, schwere Pferde!“

„Ach so.“ Hartmut wurde tiefrot, wenn Vanessa mit ihm sprach. „Ich dachte ... also, ich habe mir schon ein Pferdebuch gekauft. Ich werde alles nachlesen!“

„Kann ich dir nur raten“, empfahl ihm Vanessa.

„Und wo ist Navarro?“ fragte Bianca jetzt.

„Auf dem Hof von Niemayer“, antwortete Oliver. Nun beachtete er den jungen Fotografen nicht mehr, der in seiner Verlegenheit und um von sich abzulenken, einige weitere Aufnahmen machte. „Ich nehme Navarro nachher wieder mit, wenn ich Niemayer diesen Koloß zurückbringe!“ Er rutschte über die Flanke des Kaltblüters herab und ließ den Schleswiger frei. Das schwere Pferd trottete quer über den Rasenplatz am Ende der Auffahrt

2 4967-8

des Reiterhofs mit dem reetgedeckten Haupthaus, der nördlichen Reithalle und den Stallungen. „Der Koloß“ ließ sich auch nicht beirren, als der Pfau am Brunnen laut rufend aufschreckte, und ging zum Teich hinüber, um ausgiebig zu trinken. Dann zupfte er gemächlich das saftige Gras am Teichufer ab. Vanessa, Bianca und Wendy nahmen ihren Pferden Sättel und Zaumzeug ab und ließen sie ebenfalls frei laufen. Fasziniert folgten sie dem Schleswiger und setzten sich auf die Bank am Teich. Es war ihr Lieblingsplatz, zu dem sie häufig gingen, wenn es etwas zu besprechen gab. Die letzten Tage waren sehr kalt gewesen, doch nun war es wärmer geworden, und sie genossen die Sonne. Gesine sattelte Ajax von Achym noch nicht ab. Sie ging mit den Mädchen zur Bank und führte den Wallach dabei an den Zügeln. Zögernd blieb sie neben ihnen stehen.

„Wir reden noch miteinander, Vanessa“, sagte sie ernst. In ihren hellen Augen war ein eigenartiges Licht, das Vanessa zur Vorsicht mahnte.

„Wieso? Was ist denn, Gesine?“ fragte Wendys Cousine betont gleichgültig. Erstaunt blickte sie das Mädchen an. Vanessa hatte ihre bissige Bemerkung fast wieder vergessen, sie tat so, als wisse sie gar nicht, worum es ging.

„Das weißt du ganz genau!“ Gesine blieb ruhig, und obwohl sie beinahe zwei Jahre jünger war als Wendys Cousine, gab sie sich ihr gegenüber so überlegen wie eine Erwachsene. „Komm, Ajax von Achym. Ich habe keine Lust, mir noch mehr blöde Sprüche anzuhören!“ Sie führte den Wallach zu den Stallungen hinüber. Oliver und die Mädchen blickten ihr ratlos nach.

„Sie ist über irgend etwas sauer, aber das gibt sich wieder“, stellte Oliver fest. „Spätestens in zehn Minuten wird sie wieder aufkreuzen und die Freundlichkeit selbst sein!“

„Stimmt.“ Wendy gab ihm recht. „Nachtragend ist Gesine nicht.“

Vanessa nahm umständlich ihre Reitkappe ab und legte sie neben Wuschel auf den Boden. Natürlich wußte sie genau, was sie gesagt hatte, und es tat ihr leid. Doch dieses Gefühl war wiederum nicht so stark, daß sie sich aufraffte und zu Gesine ging, um sich bei ihr zu entschuldigen.

„Es macht Spaß, mal so ein Pferd zu reiten“, erklärte Oliver. „Natürlich nicht immer. Aber als Niemayer mir sagte, daß die Pferde verkauft werden, wollte ich so einen Dicken wenigstens einmal reiten. Es gibt ja sonst weit und breit keine Kaltblüter in dieser Gegend.“

„Er verkauft die Schleswiger?“ fragte Vanessa überrascht. Wuschel setzte sich neben ihr ins Gras und legte ihr den Kopf aufs Bein. „Sie werden ihm wohl zu teuer!“ fuhr sie fort. „Mann, was die wegfressen, das kann einen schon arm machen!“

Wendy ärgerte sich über die Bemerkung ihrer

Cousine. „Die fressen nicht viel mehr als andere Pferde, Vanessa. Papa sagt, Niemayer verkauft den Hof und damit auch die Pferde, weil er aufgibt. Es ergeht ihm wie vielen Kleinbauern. Die Landwirtschaft lohnt sich nicht mehr!"

„Das tut mir leid. Niemayer war immer sehr nett!" sagte Vanessa.

Wuschel fühlte sich von ihr nicht genügend beachtet. Er lief zu dem Kaltblüter hinüber, legte sich vor ihm ins Gras und blickte ihn an. Der Schleswiger beugte den Kopf zu dem Hund, und für einen kurzen Augenblick beschnupperten sich die beiden Tiere. Dann wandte sich das mächtige Pferd wieder dem Grasen zu, und Wuschel wälzte sich wohlig auf dem weichen Boden.

„Weißt du, wer die Pferde gekauft hat?" fuhr Vanessa fort. „Ich kann mir vorstellen, daß es nicht einfach ist, Kaltblüter zu verkaufen. Jeder will doch Warmblüter oder gar ein Vollblut haben. Und in der Landwirtschaft werden sowieso nur noch Trecker eingesetzt!"

„Keine Ahnung", erwiderte Oliver. „Niemayer hat es mir nicht gesagt!" Er blickte zum Stall hinüber, wo Gesine damit begonnen hatte, Ajax von Achym zu striegeln und zu putzen. Ihre Mutter Line hatte den Wallach Catanac an Flavio Scalini übergeben, um ihn von dem Pferdepfleger versorgen zu lassen. Line Frederikson hatte nur ganz selten in ihrem Leben ein Pferd selbst geputzt. Um sich die Zeit zu vertreiben, bis ihre Tochter mit der Arbeit fertig war, ging sie jetzt ins Reiterstübchen. Das kleine Restaurant war in einem Teil der Reithalle untergebracht. Hier waren immer Reiter anzutreffen, mit denen man sich unterhalten konnte. Hartmut Bandomer, der beim Abreiteplatz geblieben war, schloß sich ihr an. Nur flüchtig blickte er zu Oliver und den Mädchen hinüber. Er war zu schüchtern, als daß er einfach so zu den anderen gegangen wäre.

„Wir sollten Gesine mal den Schleswiger zum Putzen geben", lachte Oliver. „Erstens könnte er es ganz gut vertragen, und zweitens hätte Gesine mit dem Riesen ordentlich zu tun!"

„Das würde Gesine niemals machen!" sagte Vanessa. „Dazu ist er ihr nicht edel genug!"

Wendy, Bianca und Oliver hatten nicht auf ihre Worte geachtet. Sie beobachteten, wie Gesine ihren Wallach mit Spezialcremes einrieb und mit Spray einsprühte, um die Sattellage zu pflegen und das Fell besonders glänzend zu machen.

„Sie übertreibt maßlos", stellte Wendy fest. „Dieses ganze Zeug braucht ein Pferd nicht, wenn es immer gut und regelmäßig geputzt wird!"

„Niemand sonst macht so ein Theater mit seinem Pferd", fügte Oliver hinzu.

Miss Dixie, die am Ufer des Teiches gegrast hatte, ging zu Wendy und legte ihr von der Rückseite der Bank her den Kopf auf die Schulter, wie sie es so oft machte. Und Wendy freute sich über diese Geste, mit der die Pintostute ihre Freundschaft zeigte. Zärtlich streichelte Wendy ihr Pferd. Auch Miss Dixie war sehr gepflegt. Ihr Fell glänzte, die Augen waren wach und klar. Miss Dixie hätte nicht besser aussehen können, obwohl Wendy bei der Pflege nicht viel Theater machte. Sorgfältiges Hufeauskratzen und das richtige Bürsten von Fell, Schweif und Mähne – darauf kam es an. Hartes, übertriebenes Striegeln mochten weder Wendy noch ihre Stute.

Nachdem sie eine Weile geredet hatten, holte Oliver den Schleswiger, stieg auf die Bank und schwang sich von dort auf den breiten Rücken des Kaltblüters. „Es wird Zeit", sagte er. „Ich muß zurück zu Niemayer und Navarro holen."

Wendy klopfte dem mächtigen Pferd den Hals. „Vielen Dank für deinen Besuch! Schade, daß du verkauft wirst. Ich hoffe jedenfalls, daß du es bei deinem neuen Besitzer besonders gut hast. Vielleicht mußt du ja nicht mehr so schwer arbeiten wie bisher."

Der Schleswiger schien sie zu verstehen. Er wandte ihr den Kopf zu und prustete leise.

„Bis später", rief Oliver. „Seid ihr noch da, wenn ich zurückkomme?"

„Ich muß zurück in die Stadt", antwortete Vanessa, während er bereits davonritt.

„Ich auch", bedauerte Bianca. „Aber wir sehen

uns ja morgen in der Schule."

„Und danach pauken wir bei mir!" Oliver winkte noch einmal, dann ritt er durch das Tor auf die Bundesstraße hinaus.

Wendy, Vanessa und Bianca führten ihre Pferde zu den Ställen hinüber, um sie zu versorgen. Danach kamen Asta und Tropic, Vanessas und Biancas Pferde, in ihre Boxen, Wendy aber brachte Miss Dixie auf die Koppel hinter der Reithalle, damit sie dort grasen und sich noch ein wenig bewegen konnte. Als sie am Zaun stand und dem schönen Westernpferd zusah, wie es spielerisch über die Koppel trabte, kam Hartmut Bandomar zu ihr. „Tut mir leid", brachte er mühsam hervor und wurde rot.

„Was denn?" Wendy lachte. Hartmut wurde immer verlegen, wenn er allein mit ihr war; dann stotterte er oft, während er sonst sehr flüssig sprach und nicht die geringsten Schwierigkeiten hatte, sich auszudrücken. „Das mit dem dicken Pferd? Das macht doch nichts. Du kennst dich mit Pferden nicht aus. Na und? Du sollst sie ja nur fotografieren. Aber dabei schadet es natürlich nicht, wenn du ein bißchen mehr von ihnen weißt. Ist doch alles nicht so schlimm!"

Hartmut sah Wendy dankbar an, dann richtete er seinen Fotoapparat auf Miss Dixie, die nur wenige Meter von ihnen entfernt stand und sie mit aufmerksam spielenden Ohren beobachtete.

„Das ist ein Bild!" rief er. „Die anderen Pferde ließen die Ohren hängen. Das sah nicht so gut aus!"

Wendy erwiderte geduldig: „Wenn du ein guter Pferdefotograf werden willst, mußt du etwas über die Körpersprache der Pferde wissen. Vor allem sollte dir klar sein, was die Ohren ausdrücken."

„Was sie ausdrücken?" Hartmut blickte zu Miss Dixie hinüber, die ihre Ohren nun nach hinten gerichtet hatte. „Sind die Ohren nicht nur zum Hören da?"

„Ganz und gar nicht", sagte Wendy. „Komm, wenn du eine Cola für mich ausgibst, erkläre ich es dir. Mit den Ohren können Pferde nicht nur hören, sondern auch Neues aufnehmen und sozusagen Witterung erkennen. Und etwas mitteilen. So geben sie anderen Pferden auch Signale!"

Hartmut nahm die Gelegenheit nur zu gern wahr, mit Wendy in das Reiterstübchen zu gehen und sich mit ihr zu unterhalten. „Was bedeutet es zum Beispiel, wenn ein Pferd schlaff zur Seite hängende Ohren hat, die bei jedem Schritt mitwakkeln?"

Wendy blickte ihn erschrocken an. „So ein Pferd hast du doch nicht bei uns gesehen?" fragte sie.

„Nein, vor zwei Wochen auf einer Rennbahn. Wieso? Stimmt etwas nicht mit so einem Pferd?"

„So ein Pferd hat seine Ohrmuscheln nicht mehr unter Kontrolle. Es könnte sein, daß es gedopt worden ist!“ Wendy war empört. „Schade, daß ich das nicht gesehen habe. Ich hätte sofort einen Tierarzt gerufen und den Besitzer angezeigt!“

„Was regst du dich so auf?“ staunte er. „Ist es denn so schlimm?“

„Und ob das schlimm ist!“ Sie betraten das Reiterstübchen. „Wenn ich sehe, daß Pferde gequält werden, hört bei mir jedes Verständnis auf. Dann muß ich was unternehmen. Und das solltest du auch tun. Jeder sollte da etwas tun.“

Ein seltsamer Besuch

Am nächsten Tag gingen Wendy und Bianca nach der Schule zu Oliver, um gemeinsam Schularbeiten zu machen. Sie hofften, die recht schwierigen Aufgaben auf diese Weise schneller bewältigen zu können – und so war es auch.

„Spinne spinnt!“ stöhnte Oliver, als sie endlich die letzte Aufgabe gelöst hatten. Damit meinte er ihren Klassenlehrer Herrmann Vesten. „Ist doch Wahnsinn, uns so viel aufzugeben!“

„Ein Glück, daß wir es geschafft haben“, seufzte Wendy und packte ihre Schulhefte ein. Sie haßte Schularbeiten und erledigte sie meist erst dann, wenn es gar nicht mehr anders ging. Oft genug mußte ihre Mutter sie dazu ermahnen. Wendy sah

Oliver an. „Danke! Ich hätte die doppelte Zeit gebraucht, wenn ihr mir nicht geholfen hättet!"

„Ich hole uns mal was zu trinken. Wir haben es verdient", sagte Oliver. Sie waren in Olivers Elternhaus, das mitten im Dorf stand. Von hier bis Lindenhöhe waren es nur ein paar Kilometer.

Die beiden Mädchen begleiteten den Jungen der Einfachheit halber in die Küche, doch sie kamen nicht dazu, etwas zu trinken, da es an der Tür klingelte. Als Oliver öffnete, sah er Magdalene Wegmann, die sich auf ihren Stock stützte. Überrascht blickte er die alte Frau an. Mit ihrem Besuch hatte er nicht gerechnet, denn sie war noch nie zum Haus seiner Eltern gekommen. „Hallo, Magdalene", begrüßte er sie. Oliver war ein wenig unsicher, weil er nicht wußte, wie er sich verhalten sollte. „Was kann ich für dich tun?"

„Ist dein Vater da?" fragte sie mürrisch, ohne den Gruß zu erwidern. Sie hob den Kopf und versuchte, an Oliver vorbei ins Haus zu sehen.

„Mein Vater? Nein!" Er trat einen Schritt vor. „Was willst du denn von ihm?"

„Wo ist er? Ich muß ihn sprechen!" Magdalenes Augen blitzten empört. Die alte Frau war aufgeregt.

„Keine Ahnung", erwiderte Oliver. „Ich nehme an, er ist in der Stadt im Geschäft. So wie meine Mutter."

„Da war ich schon. Da ist er nicht!" Magdalene

preßte die Lippen zusammen und stieß ihren Stock ärgerlich auf den Boden. „Du lügst", rief sie dann mit schriller Stimme. „Du weißt genau, wo er ist!"

„Weiß ich nicht", beteuerte er. „Wirklich nicht. Kann ich dir irgend etwas ... verkaufen? Ein bißchen Brot oder ein Stück Wurst? Mama hat gute Marmelade! Für zehn Pfennig kannst du ein Glas haben!"

„Das ist viel zu teuer! Halsabschneider!" fuhr sie ihn an, und plötzlich schossen ihr Tränen in die Augen. „Du bist genauso ein Lügner und Heuchler wie die anderen! Ihr seid gemein! Wißt ihr nicht, was dort draußen vorgeht?" Sie wies zum Ort. Dann schob sie ihren Karren durch den Vorgarten auf die Straße und schlurfte, leise Verwünschungen murmelnd, davon. Oliver blickte ihr kopfschüttelnd nach. Alle wußten, daß Magdalene etwas wunderlich war.

„Was wollte Magdalene?" fragte Bianca.

„Keine Ahnung", erwiderte er. „Ich glaube, sie ist bloß gekommen, um mich zu beschimpfen. Sie war sehr aufgeregt, irgend etwas scheint nicht in Ordnung zu sein ..."

Als Oliver den beiden Mädchen gerade etwas zu trinken gegeben hatte, hielt ein Wagen vor dem Haus, und sein Vater kam herein. Wilhelm Anders war ein kleiner, rotgesichtiger Mann, der deutliches Übergewicht hatte. Er trug die grüne Lodenkleidung, die auch viele Landwirte bevorzugten. Gutmütig blinzelte er die jungen Leute durch die dicken Gläser seiner Brille an, hinter denen seine blauen Augen viel größer erschienen, als sie tatsächlich waren.

„Magdalene Wegmann war eben hier", begrüßte Oliver seinen Vater.

Wilhelm Anders hatte ein Geschäft in der nahen Kleinstadt, außerdem war er im Gemeinderat tätig. Er war ein tatkräftiger und engagierter Mann, der sich für vieles einsetzte. Oft überraschte er die Gemeinde mit verblüffenden und weitsichtigen Ideen. Oliver verstand sich gut mit seinem Vater, und er war stolz auf ihn.

Vater Anders ging zum Brotkorb; er schnitt eine Scheibe Brot ab und holte sich Butter und Wurst aus dem Kühlschrank. „Und was wollte sie? Sie hat schon im Geschäft nach mir gefragt!"

„Keine Ahnung", erwiderte Oliver. „Ich dachte, du wüßtest es. Ich habe ihr etwas zu essen angeboten, aber das wollte sie nicht!"

Sein Vater aß stumm. Er war tief in Gedanken versunken. Dann ging er in sein Büro, um zu arbeiten. Im Gemeinderat gab es immer etwas zu tun.

„Magdalene ist etwas seltsam", sagte Wendy. „Die meisten Menschen verstehen sie nicht. Aber Großmutter sagt, daß sie ein herzensguter Mensch ist."

„Mag ja sein“, gab Oliver zurück. „Meistens läßt sie uns in Ruhe, aber heute war irgend etwas mit ihr los!“

Wendy verabschiedete sich bald. Sie wollte mit dem Rad zurück nach Lindenhöhe fahren, nach Hause. Sie war noch nicht weit gekommen, als sie von einem Lastwagen überholt wurde, und dabei bot sich ihr ein Anblick, der sie so entsetzte, daß sie ruckartig bremste und halten wollte.

Auf dem Lastwagen lagen drei Pferde. Zwei von ihnen waren offenbar an den Verletzungen gestorben, die sie sich zugezogen hatten. Das dritte schlug immer wieder schwach mit den Hinterbeinen aus. Es blutete aus einer großen Wunde an der Hinterhand. Vergeblich versuchte es, sich aufzurichten, und für einen Moment schien es Wendy, als blicke das Pferd sie hilfesuchend an.

Wendy war so erschrocken, daß sie die Gewalt über ihr Fahrrad verlor. Sie kam vom Weg ab, geriet auf weichen Boden, prallte dann gegen einen Kilometerstein und stürzte. Als sie sich wieder aufrappelte, war der Lastwagen bereits hinter der nächsten Kurve verschwunden.

Ihr rechtes Bein schmerzte, und als sie das Hosenbein ihrer Jeans hochzog, sah sie, daß sie eine breite, heftig blutende Schramme abbekommen hatte. Tränen liefen ihr über die Wangen, und so sehr sie sich auch bemühte, sie konnte sie nicht zurückhalten. Doch sie weinte nicht wegen des körperlichen Schmerzes, sondern wegen des Anblicks, der sich ihr geboten und der ihr einen Schock versetzt hatte. Noch nie zuvor hatte sie etwas so Schreckliches gesehen, und sie hatte sich auch nicht vorstellen können, daß es irgend jemanden gab, der Pferde unter solchen Umständen transportierte.

„Was hast du denn gemacht?" fragte Flavio Scalini, der italienische Pferdepfleger, als sie Minuten später ihr Fahrrad auf den Hof schob. Erschrocken deutete er auf das verbeulte Vorderrad. „Hat dich jemand angefahren?"

Sie wollte ihm erklären, was ihr widerfahren war, doch ihre Stimme versagte, und sie brachte nur ein mühsames „Bitte" hervor. Dann drückte sie ihm das Rad in die Hand und eilte ins Haus und auf ihr Zimmer, wo sie sich die Hände wusch, ihre Jeans auszog und versuchte, die Wunde zu versorgen. Sie war gerade dabei, sich einen Verband anzulegen, als ihre Mutter ins Zimmer kam.

„Kind, so geht das doch nicht", rief Heike Thorsteeg und übernahm die medizinische Hilfe mit sachkundiger Hand. Erstaunt bemerkte Wendy, daß ihr Mutter alles mitgebracht hatte, was sie dazu benötigte.

„Woher wußtest du, daß ich mich verletzt habe?" fragte sie.

„Erstens habe ich gesehen, wie du ins Haus gehumpelt bist", erwiderte Heike Thorsteeg. Sie war eine attraktive Frau, die nicht nur die bürokratischen Arbeiten des Reiterhofs mit sicherer Hand leitete, sondern in vieler Hinsicht den Überblick behielt und sich stets zu helfen wußte. „Und zweitens waren Blutflecken auf der Treppe." Sie reinigte und desinfizierte die Wunde und legte danach den Verband an. „Und nun heraus damit. Was ist passiert?" Heike Thorsteeg nahm ihre Tochter in den Arm und ging dann mit ihr die Treppe hinunter in die Küche, wo die Großmutter, Herta Thorsteeg, mit Kaffee und Kuchen auf sie wartete. Die alte Dame kannte Wendy gut genug, um zu merken, daß etwas Ungewöhnliches geschehen war, doch sie fragte nicht. Sie wechselte einen kurzen Blick mit Heike und stellte dann den noch ofenwarmen Kuchen auf den Tisch.

Mittlerweile hatte Wendy sich beruhigt, und sie erzählte von dem Lastwagen mit den drei Pferden auf der offenen Ladefläche. Bevor ihre Mutter oder die Großmutter jedoch etwas darauf erwidern konnten, kamen Gunnar Thorsteeg, Carl Ruthfuss, der Pferdewirt des Gestüts Lindenhöhe, und Flavio Scalini herein. Die drei Männer sprachen über Probleme, die sie mit den kürzlich „abgesetzten" Fohlen hatten. Nur kurz grüßend setzten sie sich an den Tisch, ließen sich Kaffee reichen und bedienten sich beim Kuchen.

„Wir gehen wohl besser nach nebenan", schlug Heike Thorsteeg vor.

„Wieso? Was ist denn?“ fragte ihr Mann. Er wandte sich Wendy zu. „Ist etwas mit der Schule? Würde mich jedenfalls nicht wundern!“ Er gab seiner Tochter keine Gelegenheit, sich dazu zu äußern, sondern kam gleich wieder auf eine Bemerkung zurück, die der Pferdewirt gemacht hatte. Eines der Fohlen hatte eine Augenverletzung davongetragen, ein keineswegs ungewöhnlicher Vorfall. Die Männer beschlossen, daß der Tierarzt, Dr. Packmoor, kommen und sich die Verletzung ansehen sollte. Sie wollten nicht selbst daran herumdoktern.

Plötzlich flog die Tür auf, und Alexa wirbelte herein, Wendys temperamentvolle Schwester. Sie studierte in Hamburg Modedesign und ließ sich nur selten auf Lindenhöhe blicken – meist nur, wenn sie Geld brauchte. Alexa war immer lustig und guter Stimmung. Den ernsteren Seiten des Lebens wich sie gern aus. „Probleme sind anstrengend“, sagte sie oft.

Wendy war da ganz anderer Meinung. Mit Problemen und Schwierigkeiten mußte man sich auseinandersetzen und versuchen zu helfen. Besonders, wenn es um Tiere ging.

„Hallo“, rief Alexa jetzt und fiel zuerst ihrem Vater, dann ihrer Mutter und schließlich der Großmutter um den Hals. Dann beugte sie sich zu Wendy, um ihr einen Kuß auf die Wange zu geben, zog sich jedoch gleich wieder zurück und

meinte: „Du riechst nach Pferd, Schwester!"
„Na und?" schnappte Wendy gereizt. „Du stinkst nach Ich-weiß-nicht-was!"
„Alexa, Liebes", fragte Gunnar Thorsteeg, „was hat dich nach Lindenhöhe verschlagen?"
„Ach, eigentlich gar nichts", antwortete Alexa. Sie war einundzwanzig und sehr hübsch. Sie setzte sich neben ihren Vater und legte ihm den Arm auf die Schulter. „Ich habe viel gearbeitet in letzter Zeit und mußte ganz einfach mal raus. Ich möchte ein paar Stunden reiten, und dann muß ich auch schon bald wieder zurück nach Hamburg!"
„Schade. Ich dachte, wir könnten ein bißchen miteinander reden!" Heike Thorsteeg war enttäuscht. Da Alexa so selten kam, hatte sie nur sehr wenig von ihrer Tochter.
„Ein andermal, Mama", vertröstete Alexa sie. „Ich bin total geschafft. Du glaubst ja nicht, was wir arbeiten müssen. Ich hab den absoluten Durchhänger. Jetzt muß ich erst einmal relaxen, damit ich den Streß durchstehe!" Sie sprang auf. „Ich nehme mir Miss Dixie, ja?"
„Nein!" platzte Wendy heraus. Sie hatte sich darüber geärgert, wie ihre Schwester sie begrüßt hatte. Und sie war wohl auch ein wenig eifersüchtig, daß Alexa immer mehr Beachtung fand als sie selbst. Papa ist einfach ungerecht, dachte Wendy.
„Wie bitte?" Alexa fiel aus allen Wolken. „Wieso denn nicht? Wir haben so viele Pferde, da kannst

3 4967-8

du doch ein anderes reiten!“

„Eben“, entgegnete Wendy heftiger, als sie eigentlich wollte. „Miss Dixie gehört mir. Ich reite sie. *Du* kannst ein anderes Pferd nehmen!“

„Aber Wendy“, mischte sich ihre Mutter ein. „Alexa ist so selten bei uns, da macht es doch wirklich nichts aus, wenn sie ein einziges Mal mit Miss Dixie ausreitet.“

„Es ist aber jedes Mal so!“ rief Wendy zornig. „Sie will *immer* Miss Dixie reiten. Es ist immer das gleiche, wenn Alexa nach Hause kommt!“

„Ach, laß nur“, erklärte Alexa großmütig. Sie streckte dem italienischen Stallhelfer die Hand hin. „Dann gibt mir Flavio eben ein anderes Pferd. Ja?“ Sie schenkte ihm ein strahlendes Lächeln und eilte mit ihm hinaus.

„Alexa“, rief Gunnar Thorsteeg, als sie die Tür erreichten. „Nimm doch Miss Dixie, wenn du so gern willst. Wendy wird heute mit Atlas ausreiten!“

„Okay, Papa!“ Die Tür fiel hinter Alexa zu, nur noch der schwache Duft ihres Parfüms blieb in der Küche zurück.

„Ich hoffe, Atlas entschädigt dich für den Schmerz“, sagte Gunnar Thorsteeg zu Wendy. Es war wirklich ein großzügiges Angebot. Atlas war ein edler Hannoveraner Hengst, der schon lange zum Gestüt gehörte. Bisher hatte Thorsteeg seiner Tochter noch nicht oft erlaubt, ihn zu reiten.

Doch Wendy strahlte keineswegs. „Ich reite überhaupt nicht aus", entschied sie und lief aus der Küche, bevor ihre Eltern oder die Großmutter darauf antworten oder ihr eine Frage stellen konnten.

Wendy verstand die Eltern nicht mehr. Warum waren sie bei ihr so streng, und warum ließen sie bei Alexa alles durchgehen? Dabei wußte Wendy, daß ihr Vater für Alexas modische Verrücktheiten eigentlich kein Verständnis hatte. Warum wollte Alexa ausgerechnet immer Miss Dixie reiten, wo es doch so viele andere Pferde auf Lindenhöhe gab, die sie hätte nehmen können? Im Grunde genommen hatte Wendy ja gar nichts dagegen, daß Alexa die Pintostute reiten wollte. Doch die Schwester tat so, als sei es völlig selbstverständlich, daß ihr die Westernstute zur Verfügung stand. Hätte sie nicht darum bitten können?

Ich ziehe mir ja auch nicht ihre verrückten Klamotten an, obwohl das noch ganz etwas anderes wäre, dachte Wendy, als sie die Treppe zu ihrem Zimmer hinaufstieg. Aber sie tut so, als ob ihr Miss Dixie gehörte, und keiner sagt etwas dagegen.

Typisch Alexa!

Als Wuschel an der Tür kratzte, stand Wendy rasch auf; sie legte das Buch zur Seite, in dem sie gelesen hatte, und öffnete ihm die Tür. „Wuschel“, sagte sie leise, „wann wirst du endlich begreifen, daß du nicht an der Tür kratzen sollst? Warum bellst du nicht einfach, wenn du zu mir möchtest?“

Beinahe zwei Stunden lang war Wendy ungestört gewesen und hatte in einem spannenden Buch über Pferde lesen können.

Wuschel schob sich schwanzwedelnd an ihr vorbei; er lief zum Fenster, senkte die Nase tief auf den Boden und drehte sich dreimal um sich selbst, bevor er sich dazu entschloß, sich hinzulegen. Dann aber stand er überraschend wieder auf, legte die Pfoten aufs Fensterbrett, blickte hinaus und stieß ein leises Winseln aus.

Wendy, die schon nach ihrem Buch gegriffen hatte und weiterlesen wollte, ging zu ihm. Sie sah Oliver, der zusammen mit Gesine und ihrer Mutter auf das Haus zukam. Frau Frederikson gestikulierte und redete heftig auf Oliver ein; und es half ihm auch nichts, daß er immer wieder abwehrend etwas sagte. Obwohl Wendy nichts verstehen konnte, erkannte sie doch, daß Oliver vergeblich versuchte, den Redeschwall zu unterbrechen, um selbst auch einmal etwas zu sagen.

Neugierig geworden, warf Wendy das Buch aufs Bett und eilte die Treppe hinunter. Wuschel schloß sich ihr blitzschnell an.

„Ich glaube, sie sind in der Küche", hörte Wendy den Jungen sagen, als sich unten die Haustür öffnete. „Um diese Zeit gibt es immer Kaffee und Kuchen."

„Ich denke gar nicht daran, in der Küche mit ihm zu reden", gab Frau Frederikson mit scharfer Stimme zurück. „Das wird im Büro erledigt und nirgends sonst!"

Als Wendy und der Hund den Fuß der Treppe erreichten, verschwanden Frau Frederikson und Gesine gerade im Büro. Oliver bemerkte Wendy, er hob hilflos die Arme und tippte sich dann mit dem Zeigefinger gegen die Schläfe. „Sie will deine Eltern sprechen", flüsterte er.

„Was ist denn los?" fragte Wendy, während sie mit ihm zur Küche ging.

„Was los ist? Deine Schwester macht Ärger. Das ist mal wieder typisch Alexa!" Er betrat die Küche, wo die Thorsteegs noch immer mit Mark Benson und dem Pferdewirt zusammen am Tisch saßen. Das Kuchenblech war fast leer. Oliver trat an den Tisch heran, um auf sich aufmerksam zu machen. „Herr Thorsteeg, Frau Frederikson ist im Büro. Sie will Sie und Ihre Frau sprechen."

Wendy war an der Tür stehengeblieben. Jetzt traf sie ein Schubs, der sie zur Seite zwang, und Gesines Mutter, die ziemlich aufgeregt war, drängte sich energisch an ihr vorbei.

„Ich denke gar nicht daran, im Büro zu warten, bis es Ihnen gefällt, dorthin zu kommen", rief sie mit schriller Stimme.

„Um Himmels willen, Frau Frederikson!" Gunnar Thorsteeg stand auf. Er bot ihr einen Stuhl an, doch sie nahm das höfliche Angebot nicht an. „Nun beruhigen Sie sich doch!"

„Ich soll mich beruhigen? Sie sind gut! Auf Ihrem Reiterhof geht alles drunter und drüber, und ich soll das einfach so hinnehmen? Wie stellen Sie sich das vor?"

Wendy bemerkte, daß auch Gesine in die Küche gekommen war. Das dunkelhaarige Mädchen weinte. Immer wieder fuhr sie sich mit dem Handrücken über die Augen, um die Tränen wegzuwischen, gleichzeitig suchte sie hilflos nach einem Taschentuch. Als Wendy ihr aushelfen wollte, schüttelte Gesine ablehnend den Kopf, mißachtete die ausgestreckte Hand mit dem Taschentuch und schniefte weiter.

„Ich kann Ihnen wirklich nicht helfen, wenn Sie mir nicht sagen, was los ist!" Thorsteeg schob Frau Frederikson noch einmal einen Stuhl hin. „Bitte setzen Sie sich, dann können wir über alles reden."

Zögernd nahm sie das Angebot an. „Es ist wirklich unverzeihlich", fuhr sie in erregtem Ton fort. „Ich bestehe darauf, daß der Pferdepfleger entlassen wird."

Wendy sah, daß nun auch Flavio Scalini durch den Flur in die Küche kam. Er war blaß, und als er neben der Frau stand, richtete er die Blicke schicksalsergeben zur Decke. Ihm hatte Frau Frederikson offenbar schon ausgiebig Vorwürfe gemacht.

„Nun mal der Reihe nach", forderte Thorsteeg. „Was ist passiert?"

„Was passiert ist? Sie wissen nicht, was auf Ihrem eigenen Reiterhof geschieht? Das habe ich mir gedacht! Ich kenne Ihre Schwester Ingrid, und die hat mir oft genug gesagt, daß Sie weder das Gestüt noch den Reiterhof richtig leiten. Dabei zahlen wir wirklich genug!"

Thorsteeg, der sich ihr gegenüber auf einen Stuhl gesetzt hatte, stand auf und ging zur Tür. Er war sichtlich verärgert, denn Lindenhöhe galt allgemein als vorbildlich geführter Reiterhof, der zudem anständige Preise hatte. „Ich komme wieder, wenn Sie sich beruhigt haben und wenn man vernünftig mit Ihnen reden kann."

Aufgeregt ging sie hinter ihm her. „Ihre Tochter hat Ajax von Achym aus der Box geholt und ist mit ihm ausgeritten! Unser Pferd! Und der Stallbursche hat ihr noch dabei geholfen! Es ist ein Skandal, daß jeder auf Lindenhöhe ein so wertvolles

Pferd aus dem Stall holen kann. Wer weiß, wie oft das schon geschehen ist!"

Nun war es heraus. Alexa hatte sich nicht für Miss Dixie, sondern ausgerechnet für Ajax von Achym entschieden. Flavio Scalini hatte ihr nicht dabei geholfen, sondern ihr nur Sattel und Zaumzeug gegeben. Er hatte geglaubt, daß sie die Pintostute satteln würde, doch sie hatte heimlich Ajax von Achyms Zaumzeug und Sattel geholt. Als Flavio das gemerkt hatte, war es bereits zu spät gewesen, denn da war Alexa schon vom Hof geritten.

„Das ist mir egal", fuhr Frau Frederikson den Italiener an, als er erklärte, wie es gewesen war. „Sie haben die Verantwortung für unser Pferd!"

„Erstens ist Flavio kein Stallbursche, sondern ein hochqualifizierter und für uns sehr wertvoller Pferdepfleger, und zweitens trage ich allein die Verantwortung." Thorsteeg stellte sich schützend vor Scalini. „Es tut mir leid, daß meine Tochter ihr Pferd genommen hat. Ich werde dafür sorgen, daß so etwas nicht wieder vorkommt."

„Das genügt mir nicht! Ajax von Achym ist sehr wertvoll! Niemand außer meiner Tochter darf ihn reiten. Ich behalte mir rechtliche Schritte vor. Mein Mann wird Ihnen noch ein paar passende Worte sagen!"

Damit rauschte sie aus der Küche, und Gesine stolperte schluchzend hinter ihr her.

„Anton Frederikson soll mal schön den Mund

halten", bemerkte Herta Thorsteeg, doch keiner in der Küche achtete darauf.

Gunnar Thorsteeg blickte Wendy vorwurfsvoll an. „Da siehst du, was dabei herauskommt", sagte er. „Wenn du dich nicht so angestellt hättest mit Miss Dixie, wäre das nicht passiert."

Wendy stand fassungslos da. Sie brachte keinen Ton heraus. Sie begriff nicht, daß ihr Vater sie angriff, wo doch nur Alexa schuld an dem Vorfall war. Frau Frederikson übertrieb zwar maßlos, aber irgendwie konnte Wendy die Frau auch verstehen. Sie selbst würde es ebenfalls nicht wollen, wenn jeder einfach daherkäme und ihr Pferd nähme. Und wenn Flavio Stalldienst hatte, mußte er auch darauf achten, welche Pferde geritten wurden, fand Wendy. Das war doch klar.

Jetzt verließ Gunnar Thorsteeg die Küche, um Frau Frederikson noch ein paar beruhigende Worte zu sagen. Mark Benson, Carl Ruthfuss und Flavio Scalini folgten ihm wortlos.

Heike Thorsteeg spürte, wie tief getroffen Wendy war. Sie wollte ihrer Tochter etwas Tröstliches und Besänftigendes sagen, doch sie kam nicht mehr dazu. Wendy ging zusammen mit Oliver schnell auf den Hof hinaus, und ihr Rückzug glich einer Flucht.

„Mach dir nichts draus!" Oliver merkte, daß Wendy mit den Tränen kämpfte, und das machte ihn hilflos. Wendy war ein fröhliches Mädchen, das er nur selten so erlebt hatte. „Manchmal ist es unmöglich, seine Eltern zu verstehen."

„Alexa kann tun und lassen, was sie will", brach es aus Wendy heraus, während sie zur Bank am Teich gingen. „Da sagen sie nie etwas. Aber wehe, wenn ich mal etwas falsch mache! Dann ist gleich der Teufel los!"

„Alexa hätte sich nicht einfach irgendein Pferd nehmen dürfen!" erklärte Oliver. „Das würde ich bei meinem Pferd auch nicht wollen! Sie hätte ja fragen können!" Oliver nahm Wendys Hand. Es tat ihm wohl, daß sie ihre Hand nicht wegzog. Ganz ruhig saßen sie so da und sprachen nicht. Aber sie fühlten, daß sie sich verstanden ... und daß sie Freunde waren. Und das war ein gutes Gefühl.

„Komm, laß uns zu den Pferden gehen!" schlug Wendy endlich vor.

Sie gingen zu den Stallungen hinüber, sattelten Miss Dixie und Navarro und verließen den Reiterhof auf der östlichen Seite, um nicht an Frau Frederikson und ihrer Tochter Gesine vorbeizumüssen, die am Tor warteten. Schon nach kurzer Zeit waren sie im Wald, und allmählich entspannte sich Wendy. Es war so ruhig und friedlich hier! Vorschriftsmäßig ritten sie auf dem Forstweg dahin, nur das gelegentliche zufriedene Prusten der Pferde durchdrang die Stille.

Nach einiger Zeit bogen sie nach Südwesten ab

und folgten einem Feldweg, der von hohen Hekken gesäumt wurde und an mehreren verstreut liegenden Bauernhöfen vorbeiführte. Der Himmel war wolkenlos, die Luft schien stillzustehen, und die Sonne schien warm vom Himmel. Irgendwann machten sie eine Pause. Sie stiegen ab, nahmen den Pferden die Sättel ab und ließen sie grasen. Danach führten sie Miss Dixie und Navarro zum Bach, damit die Tiere im Wasser ihre Beine kühlen konnten.

Als sie sich einem Bauernhof näherten, bemerkten sie Hartmut Bandomer, der mit seinem Fahrrad an der Einfahrt zum Hof stand und an einer großen Fototasche hantierte.

„Das ist Niemayers Hof", meinte Oliver. „Da stehen die Schleswiger. Wollen wir sie ansehen?"

„Klar!" Wendy war sofort Feuer und Flamme. Sie ritten zügig zu dem Hof hinüber. Als sie ankamen, sahen sie, daß die schweren Kaltblüter gerade in einen Transporter verladen wurden. Hartmut Bandomer war dabei und fotografierte das Ganze.

Niemayer, ein großer, strohblonder Mann mit kantigem Gesicht, grüßte. „Was ist denn los?" fragte er. „So aufregend ist das doch nicht, wenn die Schleswiger verladen werden. Aber alle wollen es sehen!"

Wendy blickte sich um. Sie bemerkte niemanden außer Hartmut Bandomer und zwei Männern, die offenbar mit dem Transporter gekommen waren. Sie trugen Stiefel und Arbeitskleidung. Die Pferde gingen willig in die Transporter, und gleich darauf fuhren die Männer vom Hof. Wendy und Oliver wechselten noch einige Worte mit dem Bauern und kehrten dann mit Hartmut zum Tor zurück.

„Ich hoffe, du hast gute Aufnahmen gemacht, Hartmut", sagte Wendy zu dem jungen Fotografen.

„Das hoffe ich auch", meinte er. „Seit du mir klargemacht hast, daß ich so gut wie nichts von Pferden weiß, bin ich mir nicht mehr so sicher!" Er verstaute seinen Fotoapparat und verschiedene Objektive in einer großen Tasche. „Wenigstens habe ich gute Aufnahmen von Magdalene Wegmann. Ich muß mich beeilen, damit ich noch rechtzeitig in die Redaktion komme."

Als er sich auf sein Fahrrad schwang, ritten Wendy und Oliver neben ihm her. „Magdalene? Die hat sich von dir fotografieren lassen?" fragte Wendy ungläubig.

„Ja. Ich will eine Serie über Originale dieser Gegend machen", antwortete er. „Menschen mit ungewöhnlichen Gesichtern. Magdalene muß hier noch irgendwo sein!"

Er bog auf einen schmalen Weg ab, Wendy und Oliver parierten ihre Pferde zum Halt. „Magdalene?" Verwundert blickte Wendy sich um. „Wir hätten sie doch sehen müssen!"

„Da drüben ist sie!“ Oliver zeigte zu einem Pfad hinüber, der von der Rückseite des Hofes in die Feldmark hinausführte. Tief über den Bügel ihres Karrens gebeugt, entfernte sich die alte Frau mit ihrem blauen Rucksack und den Plastiktüten. Die Holzscheite auf dem Karren waren schwer, so daß sie Mühe hatte, ihn zu schieben.

„Ich möchte wissen, warum sie uns beschimpft hat!“ meinte Oliver nachdenklich.

„Ach, das darfst du nicht so ernst nehmen“, erwiderte Wendy. „Du weißt doch, daß sie schrullig ist. Sie meint es nicht so!“

Sie trieben ihre Pferde an und ritten in weitem Bogen und von Hecken verdeckt bis zu einer Stelle, an der mehrere Feldwege zusammenliefen. Schon kam auch Magdalene mit ihrem Karren näher. Die alte Frau hatte es schwer, denn die Räder des Wägelchens sanken tief im weichen Boden ein. Wendy stieg aus dem Sattel, reichte Oliver die Zügel ihres Pferdes und ging der Frau ein paar Schritte entgegen. Sie wollte sie fragen, ob sie ihr helfen konnten, das Holz in die Stadt zu bringen. Doch Magdalene blickte so abweisend, daß Wendy zögerte.

„Was wollt ihr von mir?“ fragte die Alte in schroffem Ton. Die Anstrengung war ihr kaum anzusehen, und trotz der sommerlichen Wärme schwitzte sie kaum. Sie atmete nicht einmal schneller. Wendy staunte. Die alte Frau war viel kräftiger, als man annehmen sollte.

„Wir könnten das Holz für Sie nach Hause bringen", schlug Wendy vor. „Dann haben Sie es nicht so schwer!"

„Diebe seid ihr!" rief Magdalene. „Ihr wollt einer armen Frau etwas wegnehmen. Verschwindet! Laßt mich in Ruhe."

„Warum sind Sie eigentlich so böse auf uns?" Wendy gab nicht so schnell auf. „Und warum haben Sie uns Heuchler genannt?"

„Das weißt du genau!"

„Nein, wirklich nicht. Bitte, sagen Sie es mir!"

Die Alte hob mühsam den Kopf. Sie zögerte mit ihrer Antwort. Schließlich aber kam die Anschuldigung tonlos über ihre Lippen: „Ihr wart bei Niemayer und habt zugesehen, wie die Kaltblüter verladen wurden!"

„Ja und? Was ist dabei? Die Pferde sind verkauft worden!" Wendy wußte nicht, warum sich Magdalene so aufregte, und sie stellte auch fest, daß die alte Frau Warm- und Kaltblüter zu unterscheiden wußte. Und dann bewies Magdalene, daß sie zwar Schrullen hatte, jedoch nicht dumm war. „Ja, die Schleswiger sind verkauft worden. Nach Italien. Und dort werden sie geschlachtet. Salami wird aus ihnen gemacht!" Voller Verachtung sah sie die jungen Leute an. Allzu lange, so schien es, hatte sie das bittere Geheimnis für sich bewahrt. „Aber euch ist das ja gleichgültig! Ihr füttert und pflegt nur die ganz edlen Pferde. Mit denen stellt ihr euch an, als ob es Zuckerpüppchen wären. Die anderen können ja ruhig gequält werden ..."

„Das ist nicht wahr!" stammelte Oliver. Er war Wendy mit den Pferden gefolgt. Betroffen trat er an den Karren heran. „Das würde Niemayer niemals tun!"

„Und ob es wahr ist. Das weißt du genau! Du wolltest ja nur noch mal einen von ihnen reiten, bevor sie geschlachtet werden! Hast du dem Schleswiger gesagt, daß er gequält wird, bevor man ihn tötet? Daß er mißhandelt wird und daß ihm ein qualvoller Transport bevorsteht?"

„Das stimmt nicht", empörte sich Oliver. „Ich schwöre, daß ich keine Ahnung davon hatte."

„Fragt den Rotfuchs von der Zeitung", rief sie. „Der hört sich um und unternimmt etwas! Er weiß, wie es weitergeht mit den Schleswigern! Aber beeilt euch, sonst ist es zu spät!" Sie schob ihren Karren weiter und stieß den Stock bei jedem Schritt wütend auf den Boden, so daß der Sand aufflog. Als sie ein Stück weit gegangen war, drehte sie sich um und rief: „Ich kann die Pferde nicht mehr schreien hören! Ich halte das nicht mehr aus!" Schon eilte sie erstaunlich schnell davon, und sie schob den Karren, als ob er nicht beladen wäre.

„Ob das wahr ist?" fragte Oliver. „Ich weiß nicht, ob sie sich das einbildet, oder ob man ihr glauben kann ..." Er war tief betroffen über die Worte der alten Frau. Stimmte es, daß der Bauer Niemayer keine andere Möglichkeit sah, als die Schleswiger schlachten zu lassen? Und wurden sie nach Italien geschickt? Die Pferde stammen aus dem Norden Schleswig-Holsteins, also aus ihrer Nachbarschaft. Es mußte doch eine Möglichkeit geben, sie an einen Züchter oder an einen anderen Bauern zu verkaufen.

„Was hat sie damit gemeint, daß die Pferde gequält werden, bevor man sie schlachtet?" fragte Wendy endlich beklommen.

Oliver blickte sie ratlos an. „Ich weiß es nicht genau. Wahrscheinlich meinte sie die Schlachtviehtransporte. Vielleicht sollten wir Niemayer fragen. Er kann uns sagen, wohin die Schleswiger gegangen sind."

„Das kann ich dir auch verraten", erwiderte Wendy. „Denk nach, dann kommst du selbst darauf."

Stumm sahen sie sich an. Natürlich wußten sie von diesen Viehtransporten und von den Qualen, denen die Tiere unterwegs ausgesetzt waren ...

„Mir ist einiges klar geworden", sagte Wendy dann. „Weißt du, wo Magdalene wohnt?"

„Ja, in der Stadt."

„Und wo da?"

Oliver sah die Freundin an. Endlich schluckte er. Er hatte begriffen.

„Komm", schlug Wendy vor. „Wir reiten in die Stadt. Ich will wissen, ob die Schleswiger dort sind oder ob Magdalene phantasiert hat. Mit Niemayer reden wir später. Jetzt wäre es falsch."

Die schreckliche Wahrheit

Wendy und Oliver waren schon oft mit ihren Pferden in der Kleinstadt gewesen, die direkt an der Ostseeküste lag. Der Anblick von Pferden und Reitern war hier nur für Touristen ungewöhnlich, die für ein paar Tage oder Wochen kamen, um da ihren Urlaub zu verbringen.

Wendy und Oliver ritten zum Güterbahnhof, der im Süden der Kleinstadt lag und mehrere hundert Meter von den nächsten Wohnhäusern entfernt war.

Oliver blickte Wendy an. Er ahnte, welcher Anblick sich ihnen am Bahnhof bieten würde. „Hast du das gehört?" fragte er gepreßt. „Das war kein Wiehern, sondern ein Hilfeschrei!" Er war zutiefst erschrocken, und je näher sie dem Bahnhof kamen, desto deutlicher hörten sie diese Geräusche.

Wendy antwortete nicht. Sie preßte die Lippen zusammen, scheu blickte sie zu einer langgestreckten Baracke hinüber, die den Abschluß einer Reihe von Einzelhäusern am Stadtrand bildete

4 4967-8

und dem Güterbahnhof am nächsten war. In der halboffenen Barackentür stand Magdalene, mißtrauisch sah sie zu ihnen herüber. Sie war vor ihnen angekommen, weil sie eine Abkürzung genommen hatte, während sie sich an die Reitwege gehalten hatten.

„Sie muß die Schleswiger hier gesehen haben", sagte Oliver mit leiser Stimme. Sie näherten sich sieben aneinandergekoppelten Güterwaggons, die auf einem Abstellgleis standen. Die Türen waren geschlossen, über den gewölbten Dächern flimmerte die Luft. In den Waggons mußte es sehr heiß sein, da nur einige wenige der schmalen Lüftungsluken geöffnet waren.

„Das glaube ich nicht", stöhnte Wendy. „Das kann doch nicht sein! Und wir wußten nichts davon!"

Aus den Güterwagen kamen die Geräusche der hilflosen Pferde. Nur wenige der eingesperrten Tiere schrien zuweilen. Pferde leiden im allgemeinen stumm, auch wenn sie große Schmerzen oder Angst verspüren. Nur in äußerster Not oder Todesangst schreit ein Pferd; und Wendy und Oliver wußten: Das ist schrecklich. An den vergitterten Luken der Waggons waren einige Köpfe zu sehen, die müde und erschöpft nach Luft rangen. Vor einem geöffneten Waggon stand ein Lastwagen mit aufgebautem Kran. An einer Kette zogen zwei Männer ein totes Pferd heraus, um es zu zwei anderen Kadavern zu verfrachten, die bereits auf der Ladefläche lagen. Das tote Pferd war jedoch nicht nur an Durst und Erschöpfung eingegangen, es hatte schwere Verletzungen, die es sich durch Schläge oder bei Kämpfen mit anderen Pferden im Güterwaggon zugezogen haben konnte. Wendy erkannte den Lastwagen. Es war der gleiche, den sie mit zwei toten und einem verletzten Pferd gesehen hatte.

„Das also ist es!" Olivers Hände zitterten. Er war leichenblaß geworden. Nie zuvor hatte er sich so schlecht gefühlt wie in diesem Moment. Sie hatten alle schon von diesen Schlachtpferdetransporten gehört. Hier aber sahen sie einen.

Wendy sah nur kurz zu dem Laster hinüber. Sie konnte den Anblick nicht ertragen, der sich ihnen bot. Noch nie hatte sie erlebt, daß so mit Pferden umgegangen wurde. Sie hatte sich nur schwer vorstellen können, daß so etwas geschah. Die Männer am Laster gingen völlig gleichgültig mit den toten Pferden um. Sie schienen kein Gefühl dafür zu haben, daß dies einmal Lebewesen waren, denn sie lachten und redeten miteinander, als sei dies eine Arbeit wie jede andere auch.

Wahrscheinlich achten sie die Tiere ebensowenig, wenn sie noch am Leben sind, dachte Wendy. „Wir müssen etwas tun", stieß sie mühsam hervor, als die Männer ihre Arbeit beendeten, die Laderampe hochklappten und mit den toten Pferden davonfuhren. „Die Pferde in den Waggons müssen unbedingt gefüttert und getränkt werden!“ Sie stiegen ab und banden die Pferde an einem Pfosten an.

Als sie näher an den Zug herangingen, entdeckten sie ein Gatter, das sich hinter einem der Güterschuppen befand und ihnen bisher verborgen geblieben war. In diesem Pferch drängten sich auf engstem Raum etwa fünfzig Pferde.

„Da sind die beiden Schleswiger!“ rief Oliver außer sich. „Die alte Magdalene hat also doch nicht phantasiert!“ Er ging zu einem der Waggons hinüber, um sich Papiere anzusehen, die in einem Drahtkästchen eingeklemmt waren. „Die Pferde werden nach Italien transportiert. Das steht jedenfalls hier!“

„Das heißt, sie werden noch tagelang unterwegs sein!“ Wendys Stimme war rauh. „Sie müssen unbedingt Wasser haben! Wenigstens das. Es muß hier doch irgendwo Wasser geben. Sieh dich mal um, ob du einen Eimer findest, Oliver!“

Für die beiden Freunde war es selbstverständlich, daß sie sich um die Pferde kümmerten. Sie wußten, daß vor allem in Frankreich und Italien viel Pferdefleisch gegessen und zu Wurstwaren verarbeitet wird und daß diese Länder die meisten Schlachtpferde aus osteuropäischen Ländern beziehen. Sie hatten jedoch nur vage Vorstellungen davon, unter welchen Umständen die Tiere transportiert werden, zumal die kleine Stadt an der Ostsee nicht an der Hauptdurchgangsstrecke für den Güterverkehr von Ost nach West lag. Bisher war in der Stadt wenig von Schlachtviehtransporten bekannt geworden. Natürlich unterstützte man auf dem Reiterhof Lindenhöhe die Versuche der Tierschutzorganisationen, für „artgerechte Transporte" und einen schmerzlosen Tod zu kämpfen. Aber hier war die Realität: Seit einigen Tagen wurden Reparaturarbeiten an der Hauptstrecke vorgenommen, und daher wurden Güterzüge auf Nebenstrecken umgeleitet, von denen eine Strecke hier vorbeiführte. Zum ersten Mal sahen Wendy und Oliver das Elend mit eigenen Augen, ganz aus der Nähe. Sie gingen an dem Gatter mit den eingepferchten Pferden vorbei, als plötzlich ein großer Mann in der Uniform eines Eisenbahners vor ihnen erschien.

„He, was macht ihr hier?" fragte er in herrischem Ton, so als sei das Bahngelände sein Privatbesitz. Mißtrauisch blickte er sie an.

„Wir wollen den Pferden nur Wasser geben!" antwortete Oliver. „Sie sind am Verdursten!"

„Die Pferde sind bereits getränkt worden", erklärte der Bahnbeamte kurz. „Darum braucht ihr euch nicht zu kümmern!"

„Das glaube ich nicht!" rief Wendy erregt. „Hören Sie nicht, wie sie stöhnen? Sie haben Durst. Die Hitze in den Waggons ist unerträglich. Die

Türen müssen geöffnet werden, damit frische Luft rein kann. Wie lange stehen die denn schon da? Die Pferde ersticken, wenn Sie nichts tun!"

„Es gibt Transportbestimmungen, und an die halten wir uns", erwiderte der Beamte abweisend. Mit beiden Händen hielt er eine Ledermappe mit Papieren wie schützend vor seinen Bauch. „Außerdem sind die Waggons verplombt. Solange kein Beamter der zuständigen Zollbehörde dabei ist, dürfen die Türen nicht geöffnet werden. Das ist Vorschrift!"

„Das ist Tierquälerei", empörte sich Oliver. Er zeigte auf einen Wasserhahn, der sich außen an der Wand eines Bahngebäudes befand. „Sie haben doch Wasser! Wir übernehmen es, die Pferde zu tränken. Sie brauchen nichts zu tun. Geben Sie uns nur einen oder zwei Wassereimer, alles andere erledigen wir! Wir kennen uns aus mit Pferden!"

„Ihr werdet gar nichts tun, sondern das Bahngelände so schnell wie möglich verlassen", entgegnete der Mann streng. „Unbefugte haben hier nichts zu suchen!"

„Nein. Genau das machen wir nicht", weigerte sich Wendy. Sie war wütend und erregt, und je mehr sich der Beamte weigerte, den Pferden zu helfen, desto zorniger wurde sie. „Und Ihre Pflicht ist es, etwas zu unternehmen! Haben Sie kein Mitleid? Tierquälerei ist strafbar!"

„Ach ja?" Nicht das geringste Lächeln lockerte

das strenge Gesicht des Mannes auf. „Meine Pflicht ist es vor allem, euch vom Bahngelände zu verweisen. Unbefugte haben hier nichts zu suchen. Ich sag's noch einmal!"

„Was hier geschieht, ist übelste Tierquälerei", rief Oliver, der sich trotz seiner Wut um einen sachlichen Ton bemühte. „Bitte, lassen Sie uns den Pferden helfen. Es schadet doch niemandem, wenn wir ihnen Wasser geben. Der Zug geht weiter bis nach Italien."

„Richtig", bestätigte der Mann.

„Die Tiere müssen noch ein oder zwei Tage lang dursten, bevor sie am Ziel sind. Sie können doch nicht zulassen, daß sie die ganze Zeit ohne Wasser bleiben!"

„Was hier geschieht, bewegt sich alles im Rahmen der gesetzlichen Bestimmungen für die Bundesrepublik Deutschland", erklärte der Bahnbeamte unerschütterlich.

„Es kann doch nicht Gesetz sein, Pferde zu quälen!" Wendy griff sich mit beiden Händen an den Kopf. Sie wollte nicht glauben, was sie hörte.

„Davon rede ich nicht", antwortete der Mann. Er klemmte sich die Ledermappe unter den Arm und griff nach einem Taschentuch, um sich den Schweiß aus dem Gesicht zu wischen. „Ich stelle nur fest, daß ich mich an meine Bestimmungen halte."

„Bitte", rief Wendy. „So erlauben Sie uns doch,

den Pferden Wasser zu geben!"

„Das kann ich nicht", lehnte er ab. „Dafür ist der Transportbetreuer zuständig. Ich weiß allerdings nicht, wer das in diesem Fall ist. Ich habe hier noch niemanden gesehen!"

„Sie könnten jemanden vom Zoll anrufen, damit die Waggontüren geöffnet werden und frische Luft hereinkommt. Dann wird es auch kühler für die Pferde", schlug Oliver vor.

„Das gehört nicht zu meinem Aufgabenbereich", antwortete der Bahnbeamte. „Geht jetzt." Er streckte den Arm aus und zeigte zur nahen Kleinstadt hinüber. „Das hier geht euch nichts an. Also verschwindet."

„Wir werden uns beschweren", drohte Oliver. „Wir werden den Tierschutzverein alarmieren!"

„Das könnt ihr ruhig tun", erwiderte der Beamte. „Ihr werdet feststellen, daß hier keines der bestehenden Gesetze verletzt wurde!"

„Doch! Das Gesetz der Menschlichkeit", sagte Oliver erbittert. Angesichts der Sturheit des Beamten stiegen ihm Tränen der Wut in die Augen. Der Uniformierte bildete eine Bastion der Ablehnung, gegen die sie vergeblich anstürmten.

„Davon steht nichts in meinen Bestimmungen!" schloß der Mann.

Wendy und Oliver blickten sich an. Ohne ein weiteres Wort wandten sie sich ab, blieben dann jedoch am Gatter mit den eingepferchten Pferden stehen. Einer der Schleswiger stand am Zaun, und Oliver ging zu ihm. Das Pferd streckte ihm den Kopf entgegen, und Oliver streichelte ihn. „Ich habe es nicht gewußt“, sagte er zu dem großen Pferd. „Ich habe nicht einmal geahnt, daß Niemayer so was mit dir vorhat!“ Er klopfte den Hals des Kaltblüters und glättete die wirre Mähne, soweit es ihm durch das trennende Gatter möglich war. Leise fuhr er fort: „Ich hole dich hier raus. Das verspreche ich dir. Dich bringen sie nicht nach Italien. Ganz bestimmt nicht. Alle können wir nicht retten, aber du mußt hier rausgeholt werden!“

„Wie willst du das machen?“ fragte Wendy sanft und mitfühlend. Es tat ihr weh, Oliver so zu sehen, und sie wußte, daß er es ehrlich meinte und daß er litt. Oliver wirkte oft oberflächlich, weil er gerne Späße machte; tatsächlich aber war er weichherzig und verantwortungsbewußt und konnte engagiert und ernsthaft sein, vor allem wenn es darum ging, sich für Tiere einzusetzen oder die Umwelt zu schützen.

„Ich weiß es nicht“, sagte Oliver entschlossen. „Aber auf jeden Fall müssen wir mit meinem Vater reden. Sofort! Vielleicht kann er erreichen, daß die Gemeinde etwas unternimmt.“

„Laß uns zu euch reiten!“ drängte Wendy. „Wir müssen sofort etwas unternehmen. Wenn dein Vater nicht da ist, gehen wir zum Tierschutzverein. Die unternehmen etwas!"

Sie gingen zu Miss Dixie und Navarro zurück und ritten über einen Feldweg zu dem benachbarten Dorf, in dem Oliver mit seinen Eltern wohnte.

Der Vater war zu Hause. Er arbeitete in seinem Büro, wandte sich jedoch sofort von seinem Computer ab, als Oliver und Wendy hereinstürzten. „Hallo! Ihr seht aus, als hättet ihr gerade erfahren, daß die Ferien dieses Jahr ausfallen und durch Unterricht ersetzt werden", scherzte er.

„Hör zu, Papa", rief Oliver, und dann schilderte er, was sie am Güterbahnhof erlebt hatten. Er schloß: „Wir wissen, daß wir den Transport der Pferde nicht aufhalten können. Und wir wissen, daß wir diese Pferde nicht retten können. Aber wir müssen ihnen wenigstens helfen und ihnen diesen Transport erleichtern. Viele sind sehr elend, sie haben Wunden, sehen schlimm aus. Wir wollen jetzt nur erreichen, daß Luft in die Waggons kommt und daß die Pferde getränkt und gefüttert werden!"

Wilhelm Anders ließ sich Zeit mit seiner Antwort. Er kannte das Problem der Schlachtviehtransporte. Schließlich schüttelte er ernst den Kopf. „Ich fürchte, da können wir nur wenig tun, Kinder. Jeder weiß, daß diese Transporte stattfinden, viele von uns machen sich Gedanken darüber, aber ändern kann ich jetzt wohl nichts ..."

„Papa, es kann doch nicht so schwer sein, die

Pferde zu tränken!" begehrte Oliver auf. Empört starrte er seinen Vater an.

„Seht ihr, das Problem sind die Kosten beim Transport", erklärte Anders. „Täglich sind Dutzende von Tiertransporten in Deutschland unterwegs. Lebende Pferde, Kühe, Schweine und viele andere Tiere werden oft unter haarsträubenden Umständen von Händlern, von Bauernhöfen und Sammelstellen zu den Schlachthöfen gebracht."

„Aber warum denn?" rief Wendy. „Es muß doch auch anders gehen, wenn es schon sein muß, daß sie getötet werden!"

„Natürlich geht es anders", bestätigte Anders. „Viele Tiere werden in den Herkunftsländern geschlachtet, ihr Fleisch wird in Kühlwagen zu den Käufern gebracht. Unglücklicherweise ist es deutlich billiger, die lebenden Tiere zu ihren Bestimmungsorten bringen und dort schlachten zu lassen, als das Fleisch mit Kühlwagen zu transportieren. Und weil die Händler möglichst viel Geld verdienen wollen, wählen sie den billigeren Weg und fahren die lebenden Tiere kreuz und quer durch Europa zu den Schlachthöfen."

„Aber viele Tiere sterben dabei", rief Oliver. „Wo bleibt da der Profit – wenn man schon kein Mitleid hat?"

„Das spielt keine Rolle. Die Verluste schmälern den Gewinn nur unwesentlich." Wilhelm Anders schüttelte den Kopf. „Der Bahnbeamte hat schon recht, von seinem Standpunkt aus. Das alles entspricht den Empfehlungen des Ministerausschusses im Europarat. Darin heißt es, daß die Pferde in geeigneten Abständen gefüttert und getränkt werden müssen, aber es steht nicht dabei, wieviel man den Tieren geben muß. Die Pferde am Bahnhof haben offensichtlich viel zu wenig bekommen. Oder gar nichts ...“ Niedergeschlagen sah er seinen Sohn an.

„Pferde *müssen* trinken, um gesund zu bleiben, sonst sterben sie. Das weiß doch jeder! Wenn die dort in den Güterwaggons eingehen, ist schließlich auch der Profit weg. Das muß doch jeder einsehen, auch wenn er kein Mitleid hat! Es ist nicht nur grausam, sondern auch dumm!“ Oliver gab die Hoffnung nicht auf, daß sein Vater in irgendeiner Weise helfen konnte. „Die Pferde dort haben überhaupt nichts gekriegt, da wette ich. Weder Futter noch Wasser!“

„Das mag schon sein!“ Vater Anders schüttelte den Kopf. „Ändern wird sich erst etwas, wenn es gesetzlich verboten wird, lebende Tiere über so weite Entfernungen zu befördern.“

„Dann können wir nichts tun?“ Oliver blickte seinen Vater maßlos enttäuscht an. Er wollte nicht glauben, daß sie hilflos waren. „Aber du bist im Gemeinderat! Du könntest durchsetzen, daß die Tiere ausreichend gefüttert und getränkt werden.“

„Der Gemeinderat hat in diesem Fall nichts zu

sagen. Er kann der Bahn nicht vorschreiben, was sie zu tun hat. Ihr müßtet euch an den Tiertransportbetreuer wenden. Ob es den in diesem Fall aber wirklich gibt? Es ist nicht zwingend vorgeschrieben, daß so ein Mensch den Zug begleitet. Wenn der Absender oder der Empfänger erklärt hat, daß die Pferde ausreichend versorgt werden, kann darauf verzichtet werden. Es ist im Grunde ein Skandal, das weiß ich!"

„Was ist eigentlich gesetzlich vorgeschrieben?" fragte Wendy, der immer mehr bewußt wurde, wie wenig sie tun konnten.

„Leider wenig", antwortete Wilhelm Anders.

„Wissen Sie, wer für den Transport verantwortlich ist?" fuhr Wendy fort.

„Vielleicht jemand aus Kiel, Lübeck oder Hamburg? Ich weiß es nicht!" Ratlos sah er sie an.

Oliver stiegen Tränen in die Augen. Er packte Wendys Arm und eilte mit ihr aus dem Büro. Vergeblich suchte er nach Worten. Noch nie hatte er erlebt, daß sein Vater keine Lösung für seine Probleme wußte. Aber damit würde er sich nicht abfinden, das stand fest. Man durfte nicht einfach den Mund halten angesichts so einer Tierquälerei. Man mußte es wenigstens *versuchen*, etwas zu tun!

„Und was nun?" fragte Wendy, als sie bei ihren Pferden vor dem Haus waren.

„Wir müssen zu Niemayer", beschloß Oliver. „Er könnte wenigstens die Schleswiger retten.

Vielleicht hilft er uns auch beim Tränken!"

Wendy stieg in den Sattel und klopfte Miss Dixie den Hals. Obwohl es sommerlich warm war, fror Wendy. Die Bilder der gequälten Pferde vom Bahnhof konnte sie nicht verdrängen, und sie meinte immer wieder, das Wiehern der durstenden Tiere und die erschöpften Gesichter vor sich zu sehen! „Laß es uns versuchen!" Sie nickte Oliver zu. „Wir reiten zu Niemayer. Wenn er nicht reagiert, informieren wir den Tierschutzverein."

Verkauft ist verkauft

Bauer Niemayer schüttelte den Kopf. Das strohblonde Haar fiel ihm in die Stirn, doch er strich es nicht zur Seite. „Verkauft ist verkauft", erklärte er. „Ich habe keinen Einfluß darauf, was mit den Schleswigern passiert. Wohin die kommen ..." Unschlüssig sah er Wendy und Oliver an.

„Sie wollen wirklich zulassen, daß sie gequält und mißhandelt werden?" fragte Oliver. Er war fest davon überzeugt gewesen, daß der Bauer ihnen helfen würde, um so enttäuschter war er jetzt. „Und warum mußten Sie die beiden eigentlich an den Schlachter verkaufen? Es sind doch gute und kräftige Arbeitspferde!"

„Ich muß den Hof aufgeben, und der Händler

hat einen guten Preis bezahlt. So einfach ist das!" Niemayer nickte.

„Es darf Ihnen nicht egal sein, was mit den Schleswigern passiert", rief Wendy. „Können Sie nicht wenigstens ..."

„Ich habe zu arbeiten", unterbrach er sie. „Ich muß den Hof auflösen, weil ich eine Umschulung mache. Die kleine Landwirtschaft hier trägt sich nicht mehr. Von Montag an bin ich nicht mehr Landwirt, sondern habe nur noch mit Computern zu tun!" Nach dieser überraschenden Erklärung ging er ins Haus, ohne die beiden jungen Leute noch weiter zu beachten.

„Dieser Mistkerl", sagte Oliver bitter. „Über zehn Jahre lang hat er die Schleswiger gehabt. Sie haben schwer für ihn gearbeitet, und nun ist es ihm egal, wie es ihnen ergeht und wie sie behandelt werden. Ich kann es nicht glauben ..."

Deprimiert verließen sie den Hof. Eine Hoffnung hatte sich zerschlagen, denn sie hatten nichts erreicht. Schweigend hingen sie ihren Gedanken nach, und beide beugten sich hin und wieder vor, um den Pferden den Hals zu klopfen. Es war, als wollten sie sagen: „Hallo, ich bin noch da. Und ich werde dafür sorgen, daß es dir niemals so ergeht wie diesen Pferden in den Transportwaggons!

Verzweifelt überlegten sie, was sie außer dem Anruf beim örtlichen Tierschutzverein tun konnten, um den Pferden zu helfen. Sie überquerten die Bundesstraße und näherten sich durch den Wald bereits dem Reiterhof Lindenhöhe, als Wendy ihre Stute zum Halt durchparierte. „Wir haben doch einen Bundestagsabgeordneten hier in der Gegend, oder nicht?" Sie sah Oliver an.

„Klar. Dies ist sein Wahlkreis", antwortete der Junge. „Mein Vater kennt ihn. Er hat mir von ihm erzählt."

„Mit dem müssen wir reden", erklärte Wendy mit Feuereifer. „Bestimmt kann er helfen."

Oliver nickte. Sein Vater als Gemeinderatsvertreter konnte nichts tun, weil sein Einflußbereich zu gering war. Ein Bundestagsabgeordneter aber hatte sogar Einfluß auf die Gesetzgebung. Durch ihn mußte etwas zu erreichen sein.

In schnellem Trab ritten sie nach Lindenhöhe, brachten die Pferde zu den Stallungen und baten eines der Pferdemädchen, die im Stall halfen, Miss Dixie und Navarro zu versorgen. Dann eilten sie ins Büro, in dem sich zu dieser Zeit niemand aufhielt. Oliver rief seinen Vater an, um den Namen und die Telefonnummer des Abgeordneten zu erfragen. Enttäuscht legte er danach den Hörer auf. „Der Herr Abgeordnete reist im Ausland herum", berichtete er. „Erst in drei Wochen kommt er zurück. Also viel zu spät!"

Laut redend kamen Vanessa und Bianca herein. „Haben wir was verpaßt?" rief Wendys Cousine.

„Wo wart ihr überhaupt?“ fragte Bianca lächelnd. Offenbar glaubte sie, daß ihre Freundin mit Oliver ausgeritten war, um mit ihm allein zu sein. Wendy erriet ihre Gedanken, und sie wurde ungeduldig. „Bitte macht keine Witze! Wir haben etwas Schreckliches erlebt!“

„Und nun hoffen wir, daß wir noch etwas retten können“, fügte Oliver hinzu. Sie berichteten, wie sie von Magdalene Wegmann erfahren hatten, was mit den Schleswigern geschehen war, und wie sie dann den Schlachtpferdetransport am Güterbahnhof entdeckt hatten. Vanessa und Bianca waren entsetzt.

Tiefe Stille herrschte in dem kleinen Büro. Dann überlegten sie gemeinsam, wie sie den gequälten Pferden helfen konnten. Wendy griff zum Telefon und rief den Tierschutzverein an. Der Anrufbeantworter sagte, daß der Anschluß gerade nicht besetzt sei. Also hinterließ sie eine Nachricht und bat um möglichst schnellen Rückruf.

„Hartmut Bandomer!“ rief Vanessa mit einem Mal. „Er arbeitet doch bei der Zeitung! Er muß dafür sorgen, daß ein großer Bericht über die Sache in die Zeitung kommt.“

„Das dauert zu lange!“ gab Oliver zu bedenken.

„So ein Bericht wird Aufsehen erregen“, meinte Bianca. „Und dann wird etwas getan, um den Pferden zu helfen. Vielleicht meldet sich irgend jemand, der wenigstens die Schleswiger kauft, damit

5 4967-8

sie nicht geschlachtet werden müssen. Wir müssen es versuchen!"

Mittlerweile war es zu spät geworden, um noch mit den Pferden in die Stadt zu reiten. Außerdem brauchten die Tiere jetzt Ruhe. Wendy beschloß, ihren Vater zu fragen, ob Flavio Scalini sie mit dem Auto zum Verlagsgebäude der Zeitung fahren durfte. Sie ging mit ihren Freunden zum Stall, um sich zu vergewissern, daß die Pferde auch versorgt waren. Danach machte sie sich auf die Suche nach ihrem Vater. Sie fand ihn nicht, begegnete jedoch ihrer Mutter bei den Gästebungalows, die hinter dem reetgedeckten Haupthaus lagen. Neue Gäste waren angekommen, denen hatte sie ihr Haus gezeigt.

„Laß Papa jetzt besser in Ruhe", riet die Mutter, nachdem Wendy ihr erzählt hatte, warum sie nach ihm suchte. „Er ist ziemlich aufgebracht!"

„Warum denn?" Wendy hatte vergessen, was Alexa am Morgen gemacht hatte, doch noch bevor ihre Mutter antwortete, war es ihr wieder eingefallen. Du liebe Güte!

„Als Alexa mit Ajax von Achym von ihrem Ausritt zurückkam, war hier der Teufel los", seufzte Heike Thorsteeg. Sie legte den Arm um ihre Tochter und ging mit ihr über die gepflegten Wege zwischen den hochwachsenden Rhododendronbüschen. „Frau Frederikson hat sich fürchterlich aufgeregt, und Alexa hat sich schnell entschuldigt.

Du kennst sie ja. Dann ist sie in ihr Auto gestiegen und weggefahren. Gesine hat geweint, als hätte sie ihren Ajax für immer verloren, und Frau Frederikson hat behauptet, daß ihre Tochter diesen Schock wohl nie überwinden wird."

„Ach, du lieber Gott!" stöhnte Wendy. „Nun übertreiben sie aber wirklich. So schlimm ist es ja auch wieder nicht – oder? Alexa reitet doch gut! Klar, sie hätte unbedingt fragen müssen. Aber eine Katastrophe ist das nicht!"

„Für Frau Frederikson und Gesine leider doch. Ich kann nur hoffen, daß so etwas hier nie wieder passiert. Das nächste Mal wirst du Alexa lieber Miss Dixie geben, damit sie gar nicht erst auf den Gedanken kommt, sich Ajax von Achym zu nehmen."

Wendy preßte die Lippen zusammen. Der versteckte Vorwurf – sie sei an allem schuld, weil sie ihrer Schwester das Westernpferd verweigert hatte – machte sie wütend. Doch sie wehrte sich nicht. Das war jetzt nicht wichtig. Sie wollte so schnell wie möglich in die Stadt. Sie wußte, die Zeit drängte, und deshalb nahm sie die Worte der Mutter hin, um gleich zu ihrer Bitte zu kommen. „Kann Flavio uns bitte in die Stadt fahren, Mami? Wir müssen unbedingt zur Zeitung! Es ist sehr dringend!"

Heike Thorsteeg nickte ernst. „Ich habe nichts dagegen. Wenn Flavio Zeit hat, soll er euch fahren! Ich rufe inzwischen noch einmal den Tierschutzverein an."

Wendy wirbelte davon, um den italienischen Pferdepfleger zu fragen. Flavio Scalini hatte Zeit. Er lud die Fahrräder von Vanessa, Bianca und Oliver auf das Dach des Geländewagens und brachte Wendy und ihre Freunde in die Stadt. Im Verlagsgebäude der Zeitung brannte noch Licht, und eine Frau am Empfang rief Hartmut Bandomer an. Es dauerte einige Minuten, bis Hartmut herunterkam. Freudig ging er auf sie zu. Diesen Besuch von Lindenhöhe hatte er nicht erwartet!

„Wir müssen mit dir reden. Wir glauben, daß du etwas tun kannst und daß du Mumm genug hast, dich einzusetzen!" begann Oliver.

Hartmut blickte ihn dankbar an und führte ihn und die Mädchen in einen kleinen Raum, in dem sie in Ruhe reden konnten. Unschlüssig saß er da, nachdem er gehört hatte, was Wendy und ihre Freunde von ihm wollten. „Ich bin nur Volontär", gestand er schließlich mit sichtlicher Überwindung und wurde ziemlich rot dabei. Er wagte kaum, Wendy anzusehen. „Ich arbeite fast für ein Taschengeld. Eigentlich bin ich nur ein Gast, der zusehen darf, wie es so zugeht bei einer Zeitung. Ich kann auch Fotos machen, aber der Chefredakteur weigert sich, wenn ich ihm den Vorschlag mache, daß er über den Pferdetransport berichten soll."

„Warum denn?" fragte Oliver. „Das tun doch heute alle! Die Presse ist manchmal sehr auf Draht!"

„Bist du am Güterbahnhof gewesen?" fragte Vanessa.

„Ja", erwiderte Hartmut und wich ihrem forschenden Blick aus. „Und ich habe auch Fotos gemacht. Aber ich habe sie den Redakteuren noch nicht gezeigt!"

„Na, hör mal! Dann tu's sofort!" sagte Wendy. Sie ging schon zu der Dame am Empfang und erklärte: „Wir müssen unbedingt den Chefredakteur sprechen! Bitte, es ist dringend!"

Überraschenderweise stellte die Frau keine Fragen, sondern war sofort bereit, die Besucher anzumelden. Sie telefonierte kurz und zeigte dann auf eine nach oben führende Treppe. „Im ersten Stock, Zimmer einhundertelf!"

Wendy verlor keine Zeit. Sie winkte ihre Freunde herbei, stieg mit ihnen zusammen die Treppe hinauf und stand gleich darauf einer Sekretärin gegenüber, die sie in ein geräumiges Büro führte. Ein jüngerer Mann mit kurzen Haaren, die schwarz glänzend an seinem runden Kopf anlagen, mit einer randlosen Brille und einem mächtigen Schnauzbart kam hinter seinem mit Papieren beladenen Schreibtisch hervor. Er streckte Wendy die Hand entgegen. „Ich weiß schon", begrüßte er sie, während er den anderen zulächelte. „Sie sind die Tochter von Thorsteeg. Und das sind Ihre Freunde von Lindenhöhe. Richtig?"

„Ich wußte nicht, daß Sie mich kennen", erwiderte Wendy verdutzt. „Wieso?"

Als Antwort nickte er ihr zu, wie um ihr den Rat zu geben, keine Zeit zu verlieren. „Was kann ich für euch tun?" fragte er und bat sie, sich zu setzen. „Ich nehme an, es geht um einen Bericht, in dem Pferde eine Rolle spielen. Wir sind eine aufgeschlossene Zeitung. An gewissen Themen, die Zündstoff enthalten, sind wir immer interessiert. Geht es um Pferde?" Er blickte sie an.

„Richtig!" Wendy nickte. „Es geht um Pferde! Um die Pferde am Güterbahnhof!"

Sein Lächeln war wie weggewischt. „Ihr meint den Pferdetransport? Eine unglaubliche Geschichte. Damit rennt ihr offene Türen bei mir ein. Es ist nicht zu verstehen, daß Tiere in unserem Land so gequält werden. Es gibt gute Vorschriften und Empfehlungen für den Tiertransport, aber keine eindeutigen Gesetze, durch die diese schlimmen Zustände verhindert werden könnten!" Er ließ sich auf seinem Stuhl hinter dem Schreibtisch nieder. Er sah Wendy durch die Gläser seiner randlosen Brille an und wandte sich dann Hartmut zu. „Sie waren auf dem Güterbahnhof. Wo sind die Fotos?"

„Sie wissen, daß ich ...?" fragte Hartmut überrascht.

„Ich weiß einiges von dem, was in diesem Verlag passiert. Und ich weiß, daß Sie ein engagierter und tüchtiger junger Mann sind", antwortete der Chefredakteur. Er streckte die Hand aus, und Hartmut stand auf. „Ich werde die Fotos holen! Bin gleich wieder da!"

„Was werden Sie tun?" fragte Wendy. „Die Pferde brauchen dringend Hilfe. Das haben Sie selbst gesagt!"

„Ich weiß noch nicht, was ich tun werde. Ich muß es mir durch den Kopf gehen lassen. Das müssen wir gut überlegen. Doch ich werde tun, was in meiner Macht steht."

„Versprochen?"

„Versprochen!" Der Chefredakteur nickte Wendy zu. „Die Züge mit den Viehtransporten kommen hier bei uns durch, weil an der Hauptstrecke gearbeitet wird. Ich habe erfahren, daß wir schon in zwei Wochen keine Transporte mehr sehen werden, weil die Züge wieder auf der Hauptstrecke fahren!"

„Also ist die Sache dringend", bemerkte Oliver. „In vierzehn Tagen werden die Leute sagen, daß es sie nicht interessiert, bloß weil es nicht hier bei uns passiert!"

„Ganz richtig!" Der Redakteur ließ die Brille bis zur Nasenspitze herabrutschen und blickte Oliver und die Mädchen über die Gläser hinweg an. Dann schüttelte er den Kopf. „Vielen Leuten sind diese Schlachtviehtransporte schon lange ein Dorn im Auge. Ich werde mich genau informieren, welche gesetzlichen Richtlinien es eigentlich für den Pferdetransport gibt, und ich werde auch einen Reporter zum Bahnhof schicken. Dann sehen wir weiter!"

„Damit dürfen wir aber nicht zu viel Zeit verlieren!" drängte Wendy. „Die Pferde brauchen *jetzt* Hilfe!"

„Wir wären ja schon zufrieden, wenn sie besser behandelt würden", sagte Oliver. „Es kann doch nicht so schwierig sein, sie zu tränken und zu füttern!"

„Da haben Sie recht. Verantwortlich ist in diesem Fall der Transporteur. Vielleicht genügt es vorerst, wenn ich ihn anrufe!"

Hartmut kam wieder herein. Zögernd legte er seinem Chef einige Fotos auf den Tisch. Der Redakteur nahm sie der Reihe nach in die Hand, betrachtete sie aufmerksam und nickte anerkennend. „Sehr gut, Herr Bandomer! Das könnten Beweise sein, die wir ja unbedingt brauchen werden!" Er stand auf. „Der Ministerausschuß des Europarates hat in einer Empfehlung aufgeführt, unter welchen Bedingungen Schlachttiere transportiert werden müssen. Wir werden prüfen, ob sich der Transporteur an diese Bedingungen hält. Ist das nicht der Fall, werden wir Anzeige erstatten und einen Bericht in unserer Zeitung veröffentlichen.

Mehr können wir zur Zeit nicht unternehmen, das werdet ihr einsehen." Er begleitete die jungen Leute zur Tür.

„Können wir noch etwas tun?" fragte Wendy niedergeschlagen.

„Sicher", antwortete er spontan. „Bleibt am Ball. Vielleicht erreicht ihr mehr als wir hier in der Redaktion."

Wenig Hoffnung

„Wie war es?" fragte Flavio Scalini, als Wendy sich zu ihm ins Auto setzte.

„Ich weiß noch nicht!" antwortete Wendy. „Wir müssen abwarten, was die Zeitung wirklich unternehmen wird!"

„Das Ganze würde überhaupt nicht passieren, wenn ihr Italiener nicht so viel Pferdefleisch essen würdet", brach es aus Oliver hervor. Er fühlte selbst, daß er Flavio das nicht sagen durfte, aber irgendwie mußte er seiner Enttäuschung Luft machen.

„He!" wandte sich der Pferdepfleger ihm zu. „Erstens esse ich kein Pferdefleisch, und zweitens hast du kein Recht, die Italiener deswegen in Bausch und Bogen anzuklagen."

„Und ob ich das habe!" Oliver konnte sich einfach nicht zurückhalten. „Ich finde es widerlich, daß so viel Pferdefleisch gegessen wird!"

„Gehirn einschalten, bevor du den Mund aufmachst", empfahl ihm Vanessa. „Es gibt überall Pferdefleisch zu kaufen. Zum Beispiel in der Salami."

„In der italienischen Salami bestimmt nicht. Aber davon abgesehen, jedes Volk hat seine Besonderheiten, und keines sollte über das andere richten", sagte Flavio Scalini, der ruhig und gelassen blieb. „Zum Beispiel essen die Deutschen Schweinefleisch. Mohammedaner finden das abscheulich. Deutsche essen auch mit der linken Hand."

„Ja – und?" fragte Oliver, der sich schon wieder beruhigte.

„Für Hindis in Indien ist das unmöglich, denn die linke Hand ist unrein. Ein Hindu ist tödlich beleidigt, wenn du mit ihm am Tisch sitzt und mit der linken Hand ißt. Also verurteile die Menschen nicht, die Pferdefleisch essen. Außerdem sind wir alle schuld daran, daß die Tiertransporte unter so entsetzlichen Umständen stattfinden. Es geht nicht darum, wer Pferdefleisch ißt, sondern darum, auf welche Weise Schlachttiere transportiert und geschlachtet werden. Da haben alle beteiligten Länder die Verpflichtung, für artgerechte und menschliche Behandlung zu sorgen!" Flavio war sehr ernst geworden bei diesen Worten.

„Du hast ja recht“, sagte Oliver. „Entschuldige. Ich wollte dich nicht beleidigen. Es macht mich nur so fertig, wenn Tiere gequält werden und daß die Leute so gleichgültig sind. Warum überlegen sie noch, wo die Hilfe doch hier ganz schnell kommen muß?“

„Weiß ich auch nicht. Warum fahren wir nicht zum Bürgermeister?“ überlegte Scalini.

„Ein guter Vorschlag“, fand Wendy. „Genau das machen wir. Ich zeige dir, wo er wohnt. Er ist jetzt bestimmt zu Hause.

Die Frau des Bürgermeisters empfing sie an der Haustür. Sie war eine große, sehr dünne Frau mit blasser, durchsichtig scheinender Haut und ganz kurzen Haaren. „Mein Mann hat keine Zeit“, erklärte sie ebenso freundlich wie unmißverständlich.

„Aber wir müssen ihn unbedingt sprechen“, betonte Wendy. „Es ist sehr wichtig! Es geht um die Pferde am Güterbahnhof. Sie können nicht warten.“

„Tut mir leid“, erwiderte die Frau und wollte die Tür wieder schließen. „Ihr solltet ins Rathaus gehen und euch dort im Sekretariat anmelden!“

Verzweifelt überlegten sie, was sie noch tun konnten. Als Vanessa vorschlug, mit dem Tierschutzverein zu sprechen, fanden sie das alle gut. Aber das Telefon des örtlichen Tierschutzvereins war immer noch auf Anrufbeantworter geschaltet:

Die Mitarbeiter waren viel unterwegs, um sich vor Ort auf Höfen und in Zuchtbetrieben zu informieren oder privaten Hilferufen oder Anzeigen nachzugehen.

Nun versuchten sie es bei Dr. Packmoor, doch auch der Tierarzt war nicht zu Hause; er war von einem Bauernhof angerufen worden, dort kalbte eine Kuh.

Enttäuscht unterbrachen sie schließlich ihre Bemühungen und beschlossen, noch einmal zum Güterbahnhof zu fahren. Es dämmerte bereits, als sie dort eintrafen, und sie erfuhren, daß der Zug mit den Transportpferden bereits am Nachmittag abgefahren war – zu seinem Ziel in den Süden Europas. Zurückgeblieben waren die in den Gattern eingepferchten Pferde, unter ihnen die beiden großen Schleswiger.

Wendy konnte die Tränen nicht mehr zurückhalten. Sie meinte, die verzweifelte Angst der Pferde in den Waggons zu spüren, und sie meinte, sehen zu können, wie die erschöpften Tiere in den Güterwaggons sich mühsam auf den Beinen hielten oder sich mit Bissen und Tritten gegen diejenigen wehrten, die es nicht schafften, auf dem schwankenden und ruckenden Boden der Waggons ihre Balance zu halten.

Auch Flavio Scalini, Vanessa, Oliver und Bianca waren sehr still. Sie hatten vorerst alles getan, was in ihren Kräften stand, um den Pferden zu helfen. Es war vergeblich gewesen.

Schließlich stieg der italienische Stallhelfer wieder in den Wagen. „Ich möchte wissen, wer für diese Transporte hier verantwortlich ist“, sagte er. „Ich meine, irgend jemand muß die Pferde doch gekauft und weiterverkauft haben. Dieser Transport kam ja nicht aus Polen, sondern war hier eingesetzt worden, wie es hieß.“

„Mensch, waren wir blöd!“ stöhnte Oliver. „Das hätte Niemayer uns doch sagen können! Warum haben wir ihn nicht gefragt?“

Es war schon fast dunkel, als der Geländewagen auf den Hof des Bauern rollte. Durch die Scheinwerfer aufmerksam gemacht, kam Niemayer aus der Scheune. Das strohblonde Haar hing ihm wie immer wirr in die Stirn.

„Was ist denn noch?“ fragte er Oliver, der als erster aus dem Wagen stieg. Unwirsch blickte er ihn an. „Hätte ich gewußt, daß ihr hier alle Augenblicke antanzt, hätte ich dich nicht auf dem Dikken reiten lassen.“

„Wir halten Sie nicht lange auf, Herr Niemayer“, versprach Oliver schnell. „Wir möchten nur wissen, an wen Sie die Schleswiger verkauft haben! Würden Sie uns das sagen?“

„An Frederikson“, antwortete der Bauer. „Warum? Ist das wichtig?“

„Anton Frederikson aus dem Nachbarort?“ fragte Oliver verdutzt.

„Ja, an den. Warum fragst du?"

„Ach, nichts", erwiderte Oliver. „Nur so."

Wie betäubt stieg er wieder in den Wagen. Flavio Scalini winkte dem Bauern grüßend zu und fuhr vom Hof.

„Was ist denn?" drängte Vanessa, als der Wagen über die Feldwege rumpelte. „Warum sagst du nichts?"

„Hat Niemayer dir nicht gesagt, an wen er verkauft hat?" wollte Wendy wissen. „Nun rede doch schon!"

Oliver atmete tief ein. Dann blies er beide Bakken auf und ächzte. „Anton Frederikson ist der Käufer und auch Verkäufer", erklärte er. „Gesines Vater!"

Diese Nachricht schlug wie eine Bombe ein. Flavio und die Mädchen wollten kaum glauben, was sie gehört hatten.

„Das kann doch nicht sein!" rief Vanessa. „Gesine möchte ihren Ajax von Achym am liebsten in Zuckerwatte packen ... Und ihr Vater ist der mieseste Pferdeschinder, den man sich vorstellen kann! Ich fasse es nicht!"

„Was Gesine und ihre Mutter für ein Theater gemacht haben, als Alexa mit Ajax von Achym ausgeritten ist", sagte Wendy. „Der Teufel war los auf Lindenhöhe. Und gleichzeitig pfercht Anton Frederikson die Pferde auf dem Güterbahnhof in einer Art und Weise zusammen, wie es schlimmer nicht sein könnte!“ Wendy war entsetzt.

„Und das nicht nur heute oder gestern“, bemerkte der italienische Stallhelfer, „sondern jeden Tag, und das seit Jahren. Er kauft die Pferde hauptsächlich in Osteuropa und läßt sie mit diesen Viehtransporten nach Frankreich und Italien bringen. Auf Frederikson solltet ihr sauer sein, aber nicht auf mich!“

„Sind wir doch gar nicht“, beeilte sich Oliver zu sagen. „Fahren wir zu den Frederiksons? Wir müssen dorthin!“

Flavio Scalini blickte zur Uhr. „Es ist schon fast zehn. Meint ihr nicht, daß es ein bißchen spät für einen Besuch ist? Ich fürchte, es gibt Ärger.“

„Frederikson kann gar nicht genug Ärger haben“, rief Oliver. Aufgeregt rutschte er auf seinem Sitz hin und her. „Wenn ihr nicht mitkommt, gehe ich allein hin!“

„Natürlich sind wir dabei“, entgegnete Wendy rasch. „Schließlich muß den Pferden geholfen werden. Und zwar bald!“

Frau Frederikson öffnete, nachdem Oliver und Wendy an der Tür ihres Hauses geklingelt hatten. Erschrocken blickte sie die späten Besucher an. „Um Himmels willen“, rief sie. „Ist etwas passiert? Ist etwas mit Ajax von Achym? Oder mit Catanac?“

„Nein, mit denen ist alles in Ordnung“, beruhigte Wendy sie. „Machen Sie sich keine Sorgen. Es geht um etwas anderes. Können wir Ihren Mann sprechen?"

„Mein Mann ist nicht da", antwortete sie auffallend schnell und bemühte sich um ein Lächeln. „Was gibt es denn?"

„Es geht um die Pferde beim Güterbahnhof", erklärte Oliver.

Ihr Gesicht verschloß sich und wurde ablehnend. „Damit habe ich nichts zu tun. Das geht mich nichts an. Über geschäftliche Dinge müßt ihr mit meinem Mann reden. Allerdings – morgen ist er nicht da."

„Wann können wir Ihren Mann denn sprechen?" fragte Wendy betont höflich.

„Das solltet ihr ihn am besten selbst fragen", erwiderte sie schroff und schloß die Tür.

Oliver drehte sich um, rannte zum Geländewagen und kletterte wortlos aufs Dach.

Verblüfft sah Wendy ihm zu. „Sag mal, spinnst du?" rief sie.

„Der Alte ist da", antwortete Oliver mit gepreßter Stimme. Nie zuvor hatte Wendy ihn so aufgeregt und so wütend gesehen. Je gleichgültiger sich die Menschen zeigten, die sie um Hilfe gebeten hatten, desto energischer setzte sich Oliver für die gequälten Pferde ein. Er ertrug es nicht, wenn wehrlose Geschöpfe leiden mußten, und das gefiel Wendy an ihm. Olivers Augen blitzten, und wenn er einen Stein in der Hand gehabt hätte, dann hätte er ihn wohl gegen eines der Fenster des Hauses geschleudert. „Von hier aus kann ich ins Wohnzimmer dieser sauberen Familie sehen. Frederikson sitzt gemütlich vor dem Fernseher! Er zieht sich gerade ein Bier rein! Am liebsten würde ich ihm eine Fuhre Pferdemist vor die Tür kippen! Aber das wäre dem wohl auch egal!"

„Komm runter", bat Wendy. „Das bringt doch nichts!" Sie griff nach seinem Arm, um ihn zu stützen, als er vom Wagen stieg. „Ich schlage vor, daß wir uns einen Eimer besorgen und noch einmal zum Bahnhof fahren. Ich will jetzt die Pferde tränken. Ich wette, daß sich um die Eingesperrten im Pferch auch niemand kümmert."

Dieser Vorschlag fand bei allen Zustimmung. Flavio fuhr zum Haus von Vanessas Mutter und dann zu Biancas Elternhaus, um anschließend noch mehrere Wassereimer von der Familie Anders zu holen. Mit sieben Eimern ausgerüstet, erschienen sie bald darauf am Güterbahnhof, wo die erschöpften Pferde eingepfercht waren. Die Gatter waren mit schweren Ketten gesichert, so daß niemand die Tiere befreien und fortbringen konnte. Einige der Pferde wieherten erwartungsvoll, sie traten wie tastend mit den Vorderhufen gegen die Stangen des Gatters, als könnten sie dadurch das Wasser herbeiholen.

Da niemand die Pferde bewachte, konnten Wendy und ihre Freunde die Eimer füllen und an

6 4967-8

das Gatter stellen. Gierig streckten die Pferde ihre Köpfe vor, um zu trinken. Am Gatter entstand ein dichtes Gedränge.

Bianca blieb am Wasserhahn und füllte die Eimer, und die anderen brachten sie zu den Pferden, bis alle getränkt waren und das gequälte Wiehern endlich leiser wurde.

„Ich begreife es nicht", flüsterte Oliver. Er drehte einen leeren Eimer um und setzte sich erschöpft darauf. „Das Wiehern der unruhigen Pferde ist deutlich zu hören, aber von den Leuten drüben in den Häusern kommt niemand auf den Gedanken, sich um die Pferde zu kümmern und ihnen etwas zu trinken zu geben. Was sind das für Leute?"

„Leider sind viele Menschen sehr gleichgültig, wenn es um die Leiden von Schwächeren geht. Um so mehr sind wir verpflichtet, etwas zu tun!" erklärte Bianca.

Traum oder Wirklichkeit?

Heike Thorsteeg wartete in der Küche, als ihre Tochter Wendy an diesem Abend nach Hause kam. Sie fragte nicht, wo Wendy so lange gewesen war. Sie saß ganz ruhig da, nahm ein wenig Zucker für ihren Tee und wartete.

Wendy setzte sich zu ihrer Mutter und erzählte

ihr die ganze traurige Geschichte noch einmal ausführlich: von den Pferden am Güterbahnhof und von ihren Bemühungen, etwas für die gequälten Tiere zu tun. Sie saß lange mit ihrer Mutter zusammen, und beide überlegten angestrengt, was sie tun konnten, um den Schlachtpferden ihr Schicksal ein wenig zu erleichtern.

„Solange es Männer wie Anton Frederikson gibt, wird sich wohl nichts ändern", sagte Heike Thorsteeg leise. „Und zwar nirgends!" Doch dann hatte sie eine Idee. „Auf jeden Fall solltest du deine Klassenkameradinnen informieren und ihnen zeigen, was da geschieht. Besser noch ist es, wenn es alle Schüler und Schülerinnen der Schule sehen. Dann könntet ihr Protestbriefe an den Bundesminister für Ernährung, Landwirtschaft und Forsten in Bonn schreiben. Und die gleichen Briefe auch an die Kommission der Europäischen Gemeinschaft, zu Händen des EG-Agrarkommissars, nach Brüssel in Belgien schicken. Ganz wirkungsvoll ist es, wenn ihr Fotos von dem beifügt, was da am Bahnhof beim Pferch und um die Waggons herum geschieht. Ihr habt doch Fotos! Nur über offizielle Stellen ist wirklich etwas zu erreichen. Die Politiker sind gefordert!" Heike Thorsteeg versprach, mit Wendys Biologielehrer zu sprechen, und dann schickte sie ihre Tochter ins Bett. Es war bereits nach Mitternacht, und Wendy war so müde, daß sie die Augen kaum noch offenhalten konnte.

Sie wünschte ihrer Mutter eine gute Nacht und stieg dann mit Wuschel zusammen zu ihrem Zimmer hinauf, um sofort ins Bett zu gehen. Doch der Vorschlag ihrer Mutter beschäftigte sie noch lange, und als sie schließlich einschlief, träumte sie von Pferden, die auf engstem Raum in dunklen Waggons zusammengepfercht waren und in rumpelnden Wagen dem sicheren Tod entgegenfuhren.

Irgendwann weckte Wuschel seine Freundin. Er bellte kurz, kam dann zum Bett und stieß Wendy mit der Pfote an, bis sie sich aufrichtete. „Was ist denn, Wuschel? Was hast du?"

Der Hund knurrte, er lief zum Fenster, richtete sich auf und blickte auf den Hof hinunter. Dann wedelte er plötzlich mit dem Schwanz und jaulte leise. Wendy meinte, Hufgetrappel zu hören; unruhig geworden, stand sie auf. Als sie schlaftrunken aus dem Fenster starrte, entdeckte sie eine Gestalt auf dem Hof. Sie erschien für einen kurzen Moment im Lichtschein einer Lampe, und Wendy glaubte, Oliver zu erkennen. Sie rieb sich die Augen und blickte genauer hin, doch es war niemand mehr zu sehen. Der Hof lag still und friedlich da. Am Brunnen schlief der Pfau in einer Mulde, die er sich selbst gegraben hatte, nicht weit von ihm entfernt hatten sich einige Enten zur Ruhe gelegt. Sie drängten sich aneinander, um sich zu wärmen.

„Es ist nichts, Wuschel. Was sollte Oliver so spät noch bei uns wollen?“ Sie streichelte seinen Kopf und ging ins Bett zurück. Bald war sie wieder eingeschlafen.

Am nächsten Morgen brauchte Wendy nicht zur Schule zu gehen. Es war ein Sonnabend, und sie hätte ausschlafen können; doch sie war es gewohnt, schon früh aufzustehen, und das tat sie auch an diesem Tag. Noch vor dem Frühstück eilte sie in die Ställe, wo sie freudig von Miss Dixie begrüßt wurde. Wendy holte die schöne Pintostute aus ihrer Box und brachte sie nur mit dem Weidehalfter auf die Koppel. Hier spielte Wendy mit ihrem Pferd. Das machten sie seit Jahren, und Miss Dixie wurde auch beim übermütigsten Spiel niemals grob oder unbeherrscht, so daß sie ihrer Freundin hätte weh tun können. Wendy und ihr Pferd respektierten und vertrauten einander, sie kannten sich auf besondere Weise. Aufmerksam beobachtete die intelligente Stute das Mädchen, spielerisch machte sie Wendys Bewegungen mit. Endlich kam Wuschel an den Zaun und bellte. Wendy lachte; sie ging zu ihm und kraulte ihm das Fell. „Schon verstanden“, sagte sie. „Es gibt Frühstück. Richtig?“

Zusammen mit dem Hund ging sie zum Haus, wo sich ihre Eltern, Mark Benson und Carl Ruthfuss bereits von Großmutter Herta Thorsteeg mit Kaffee und frisch gebackenen Brötchen verwöhnen ließen. Wendy setzte sich zu ihnen an den Tisch und schenkte sich Tee ein. Gern hätte sie mit ihrem Vater und den anderen über Tiertransporte gesprochen, doch die Männer redeten über verschiedene Dinge, die mit dem Gestüt zu tun hatten, und so zog sich Wendy gleich nach dem Frühstück zurück. Sie zog ihre Reitkleidung an, und als sie auf den Hof kam, waren Bianca und Oliver schon da. Sie holten gerade ihr Sattelzeug aus der Kammer.

„Warst du heute nacht noch einmal hier bei uns?“ fragte Wendy beiläufig, nachdem sie Oliver und ihre Freundin begrüßt hatte.

Oliver blickte überrascht auf. „Ich?“ fragte er erstaunt.

„Ja, du! Wer denn sonst?“ Wendy lachte.

Wie so oft versuchte er, mit einem Scherz auszuweichen. „Wenn du meinst, daß ich beim Mondschein mit der Mandoline unter deinem Fenster gestanden und Liebeslieder gesungen habe, dann muß ich dich enttäuschen. Ich war das nicht. Das muß ein anderer Verehrer gewesen sein. Vielleicht Hartmut Bandomer?“

Zum erstenmal, seit sie ihn kannte, hatte Wendy das Gefühl, daß Oliver nicht die Wahrheit sagte. Doch was für einen Grund sollte er gehabt haben, sich mitten in der Nacht aus dem Haus zu schleichen, um noch einmal nach Lindenhöhe zu kommen?

„Ehrlich nicht?" Sie blickte ihn forschend an.

„Nein. Ich habe nicht unter deinem Fenster gesungen. Ich schwöre!" Dabei legte er die rechte Hand aufs Herz, wobei er allerdings sichtbar die Finger kreuzte, um den Schwur wieder aufzuheben.

Wendy seufzte. „Wenn du doch einmal ernst sein würdest!" Und dann ging sie auf seinen Ton ein, verdrehte die Augen, als sei sie verliebt in ihn, und hauchte: „Dabei habe ich mir so gewünscht, daß du es wärst, der da Liebeslieder sang!"

Sie lachte, weil er sie ziemlich verblüfft ansah, und ging zur Koppel, um Miss Dixie zu holen. Wendy wußte, daß Oliver sie mochte, daß er vielleicht sogar ein wenig verliebt in sie war. Und sie mochte ihn ebenfalls sehr, doch Gesang unter dem Fenster empfanden beide als Quatsch und Albernheit. So etwas käme für sie nicht in Frage.

Als Wendy Miss Dixie gesattelt hatte und mit Oliver und Bianca Lindenhöhe verließ, um an der Ostseeküste am Strand zu reiten, hatte sie längst vergessen, daß sie geglaubt hatte, ihn nach Mitternacht auf dem Hof zu sehen. Das Wetter war schön. Ein leichter Wind wehte von Osten her. Er brachte trockene Luft mit sich und schäumte das Meer am Strand zu einer kräftigen Brandung auf. Neugierige Möwen strichen über Pferde und Reiter hinweg, und so schien es nichts zu geben, was die gute Laune Olivers und der beiden Mädchen getrübt hätte. Doch wollte sich heute nicht die gute Stimmung einstellen, die sie sonst bei ihren Ausritten hatten. Sie mußten unausgesetzt an die Schlachtviehtransporte und an die im Gatter eingepferchten Pferde denken, die dort bis zum Montag auf ihren Abtransport warteten. Es war klar, daß sie am frühen Abend wieder zum Güterbahnhof fahren und die Pferde tränken würden. Doch damit war nur wenig erreicht, und sie wußten es. Stunde um Stunde rollten Güterzüge mit Pferden, Kühen, Schafen und Schweinen durch das Land, und alle hatten eines gemeinsam – die Leiden der Tiere. Oliver hatte eine Zeitschrift des Deutschen Tierschutzbundes bekommen, und er wußte zu erzählen, daß Jahr für Jahr viele Millionen Tiere in Deutschland geschlachtet wurden.

„Früher hatte jedes Dorf einen eigenen Schlachter", berichtete er. „Doch das will der Gesetzgeber nicht mehr, weil es schwierig ist, jeden einzelnen Schlachter zu überwachen und dafür zu sorgen, daß die hygienischen Zustände in seinem Schlachthaus wirklich einwandfrei sind. Deshalb wurden zentral gelegene Schlachthöfe eingerichtet, in denen die Tiere massenweise am Fließband getötet werden."

„Die lassen sich so besser überwachen", bemerkte Bianca.

„Richtig", gab er ihr recht. „Sie haben nur den Nachteil, daß die Tiere über weite Strecken dorthin gebracht werden müssen, und wie das aussieht, das haben wir ja bei den Pferden am Bahnhof gesehen! Endlich müßte im Gesetz verankert werden, daß Schlachtvieh nicht länger als drei Stunden transportiert werden darf. Dann würden diese schrecklichen Zustände in den Waggons und die Qualen der Tiere aufhören – oder wenigstens eingeschränkt werden!"

Sie redeten noch lange über Schlachtviehtransporte, und sie beschlossen, gleich am Montag alle anderen Klassen ihrer Schule für eine Briefaktion zu gewinnen.

Als sie auf dem Rückweg am Waldrand entlangritten, bogen Frau Frederikson und Gesine auf ihren Pferden von einem Reitweg ab. Sie grüßten kurz und hätten die Freunde wohl nicht weiter beachtet, wenn Oliver Navarro nicht zum Halt pariert und ihnen den Weg verstellt hätte.

„Dürfen wir Sie einen Moment stören, Frau Frederikson?" rief er.

Unwillig blickte sie ihn an. Ihr gefiel es gar nicht, daß sie aufgehalten wurden. „Was ist?" fragte sie abweisend. Ihre Tochter Gesine blickte unsicher zu den fernen Dünen der Ostseeküste hinüber. Gesine war oft scheu und gehemmt, besonders in Gegenwart ihrer Eltern, das wußte Wendy.

„Tut mir leid, daß wir gestern so spät am Abend noch bei Ihnen geklingelt haben", fuhr Oliver fort. „Aber wir wissen, daß Sie Pferde lieben. Man braucht nur Catanac und Ajax von Achym anzusehen, um das zu erkennen. Keines der Pferde von Lindenhöhe kann es mit ihnen aufnehmen ..."

Wendy horchte auf. Was bezweckte Oliver?

Auch Frau Frederiksons Gesicht hellte sich auf. Das Kompliment kam an, und sogar Gesine zeigte ein kleines neugieriges Lächeln. Eigenartig unsicher, aber auch interessiert blickte sie Oliver an.

„Andere Pferde haben es nicht so gut", fuhr er fort. „Die Pferde am Güterbahnhof zum Beispiel müssen furchtbar leiden, weil Ihr Mann es so will. Dabei wäre es ganz einfach, den Tieren zu helfen. Sie vor ihrem Weiterverkauf oder Tod auch noch zu quälen, ist vollkommen überflüssig. Es müßte doch nicht sein ..."

Wendy hielt den Atem an.

„Die Geschäfte meines Mannes interessieren mich nicht", erklärte Frau Frederikson nun wieder kühl und auf Abstand bedacht. „Sie sind allein seine Sache! Ich habe nichts damit zu tun, und ich habe keinen Einfluß darauf. Wir sprechen noch nicht einmal über seine Geschäfte. Und euch gehen diese Geschäfte auch nichts an. Daß mein Mann Pferdehändler ist, wißt ihr ja schließlich!"

Oliver lenkte Navarro an den Wegrand, und Frau Frederikson trieb ihr Pferd an.

„Aber Mama ...", begann Gesine. Hilfesuchend blickte sie Wendy an. „Könnte ich nicht ..."

„Du kommst mit!“ fuhr ihre Mutter sie an.

Wendy sah, daß Gesine plötzlich Tränen in den Augen hatte. Sie wollte sie aufhalten, doch es war schon zu spät. Das oft so überheblich scheinende Mädchen folgte stumm ihrer Mutter. Nachdenklich blickte Wendy ihnen nach. Für einen Moment hatte sie den Eindruck gehabt, daß Gesine auf ihrer Seite war, es jedoch nicht wagte, sich gegen ihre Mutter aufzulehnen.

Oliver hatte nichts bemerkt. „Das werden sie noch bereuen“, sagte er zornig, als die beiden Reiterinnen dann dem Weg nach Lindenhöhe folgten. „Man kann nicht einfach vor dem Leid in der Welt die Augen schließen!“

„Ich finde, die Frederiksons passen nicht nach Lindenhöhe“, bemerkte Bianca.

Die Freunde nickten heftig.

„Stimmt!“ sagte Wendy. „Das habe ich schon oft gedacht. Obwohl Gesine ... sie liebt ihr Pferd, das weiß ich!“

„Endlich weiß ich, gegen wen wir etwas unternehmen müssen, wenn wir den Pferden helfen wollen!“ erklärte Oliver entschlossen. „Und ich weiß auch jetzt, was wir tun müssen.“

Die beiden Mädchen blickten ihn ernst an.

„Ich muß es mir noch einmal genau überlegen“, antwortete er. „Morgen erfahrt ihr alles. Dann ist mein Plan fertig! Ich will auch noch mit jemandem reden!“

Eine böse Nachricht

Den Nachmittag verbrachten Wendy und ihre Freunde damit, Briefe an den Bundesminister und an den EG-Kommissar zu entwerfen und die genauen Adressen zu ermitteln. Nachdem sie das geschafft hatten, bereiteten sie sich auf den Montag vor, an dem sie nicht nur die Schüler ihrer Klasse, sondern die Schüler und Lehrer der ganzen Schule für eine Briefaktion gewinnen wollten.

Am frühen Abend fuhr Flavio Scalini mit Wendy, Oliver, Bianca und Vanessa erneut zum Güterbahnhof, wo die Pferde noch immer in den Gattern standen. Die Tiere boten einen erbärmlichen Anblick. Einige von ihnen hatten sich erschöpft auf den Boden gelegt, andere hielten sich nur mühsam auf den Beinen. Viele waren verletzt und hatten blutverkrustete Wunden. Die meisten standen müde da, mit tief gesenkten Köpfen. Manche waren noch jung, stellte Wendy traurig fest.

Die Freunde hatten kaum damit begonnen, die Pferde zu tränken, als zwei Wagen mit Pferdetransportern kamen. Vier Männer stiegen aus, einer von ihnen Anton Frederikson, ein ganz normal aussehender Mann mit rundem, glattem Gesicht, das wie aus blaßgelbem Wachs geformt schien. Er kaute auf einer Zigarre, die er zwischen den Zähnen hielt. Erstaunt und fragend sah er Wendy und ihre Freunde an. „Ihr geht jetzt besser!“ erklärte er. „Auf dem Bahngelände habt ihr nichts zu suchen!“

„Wir tränken die Pferde“, erwiderte Wendy entschlossen. „Ob es Ihnen paßt oder nicht! Sie brauchen Wasser!“

„Ihr werdet das Bahngelände sofort verlassen, oder ich verständige die Polizei“, fuhr Frederikson sie an. Er biß ein Stückchen von der Zigarre ab und spuckte es auf den Boden. „Gleich gehen hier mehrere Güterzüge durch, und wenn einer von euch dabei verletzt wird, muß ich für den Schaden aufkommen. Also, verlaßt das Gelände!“ Ungeduldig sah er sie an.

„Wir können ja warten, bis die Züge vorbei sind“, schlug Oliver vor. „Danach tränken wir die Pferde!“

Doch Anton Frederikson schüttelte den Kopf. „Meine Mitarbeiter werden die Pferde bewachen, bis sie morgen früh auf den Zug verladen werden. Sie füttern und tränken sie. Und wenn sich einer von euch hier blicken läßt, setzt es eine Anzeige. Haben wir uns verstanden?“

Damit machte er deutlich, daß er die Freunde auf keinen Fall in der Nähe der Pferde haben wollte.

„Sie werden noch bereuen, was Sie machen!“

Ohnmächtig vor Wut und Enttäuschung schrie Oliver dem Viehhändler diese Worte ins Gesicht, doch Frederikson beachtete ihn nicht weiter. Er befahl seinen Leuten, die vier Pferde auszuladen, die sie mitgebracht hatten, und zu den anderen zu sperren. Der Pferdehändler hatte offenbar neue Schlachttiere eingekauft, die morgen früh weitertransportiert werden sollten.

Wendy und ihre Freunde zogen sich zum Geländewagen zurück. Als letzter stieg Flavio Scalini ein. „Woher kommen eigentlich die vielen Schlachtpferde?" fragte er. „Da wird doch zu viel gezüchtet! Das erleben wir doch auch auf Lindenhöhe immer wieder", fügte er hinzu. „Vielen Reitern ist ihr Pferd irgendwann nicht mehr gut genug. Sie wollen ein schnelleres oder besseres, und sie denken kaum darüber nach, daß ihre bisherigen Pferde beim Schlachter landen, wenn sie sie verkaufen ..."

Ein endlos langer Güterzug rollte mit ziemlicher Geschwindigkeit durch den Bahnhof. Nur wenige Meter von den Pferden ratterte er vorbei.

„Gerade viele junge Reiter sind gedankenlos beim Kauf oder Verkauf ihrer Pferde", fuhr Scalini fort. „Das Kind wächst und wird größer, und schon muß ein neues Pferd her. Natürlich muß man irgendwann mal auf ein größeres Reitpferd umsteigen, aber dann sollte man sich weiter um sein Pony oder Pferd kümmern. Man sollte sich um einen guten neuen Platz bemühen und sich persönlich davon überzeugen, wohin das Pferd kommt. Schließlich hat jeder die Verantwortung für sein Pferd ... sonst sollte man gar kein eigenes Reitpferd haben!“

Die Freunde trennten sich wenig später. Sie waren bedrückt und enttäuscht, und sie waren von einer hilflosen Wut gegen Anton Frederikson erfüllt. Alle ihre Bemühungen waren bis jetzt fruchtlos gewesen.

Als Wendy am Sonntagmorgen Miss Dixie aus dem Stall auf die Koppel gebracht hatte, wäre sie beinahe mit ihrem Vater zusammengeprallt, der unversehens zu ihr trat. „Hoppla!“ rief sie. „Guten Morgen, Papa!“ Dann sah sie sein Gesicht, und sie wurde ernst. Irgend etwas war los, wenn der Vater sie so ansah – streng und besorgt. „Ist etwas passiert?“ fragte sie beklommen.

„Wo sind Ajax von Achym und Catanac?“ entgegnete er, und damit beantwortete er auch schon ihre Frage.

Jetzt war Wendys gute Laune endgültig verflogen, und sie fror plötzlich, obwohl die Sonne längst aufgegangen war, und ein warmer Wind von Südwesten her wehte. Die unangenehme Kälte kam aus dem Inneren. Wendy mußte an Olivers Worte vom vergangenen Abend denken. Sollte er die beiden edlen Pferde heimlich fortgebracht haben? Aber das wäre sehr dumm ... Sie wagte nicht, den Gedanken zu Ende zu denken. Doch sie erinnerte sich gut daran, wie wütend Oliver auf Anton Frederikson, seine Frau und Gesine gewesen war. „Ajax von Achym und Catanac? Wieso?“ stammelte sie. „Sind sie nicht da?“

„Sie waren heute morgen nicht in ihrer Box. Niemand im Stall hat etwas gehört oder gesehen!“ erklärte Gunnar Thorsteeg. „Sag mir die Wahrheit, Kind! Weißt du etwas? Es wird großen Ärger geben, wenn die Frederiksons hier aufkreuzen und erfahren, was los ist. Flavio und Mark sind schon unterwegs. Sie suchen alle benachbarten Koppeln nach Ajax und Catanac ab. Carl Ruthfuss fährt auch gleich los. Vielleicht finden wir die beiden Pferde ja – obwohl ich es mir eigentlich nicht vorstellen kann. Ich bleibe hier für den Fall, daß Frau Frederikson kommt.“

„Glaubst du, daß sie gestohlen worden sind?“

„Ich weiß nicht, was ich glauben soll!“ Thorsteeg legte den Arm um Wendys Schulter und ging mit ihr zum Haupthaus, wo das Frühstück auf sie wartete. Diese Geste, mit der er sein Vertrauen und seine Liebe zu ihr ausdrückte, tat ihr gut. Gunnar Thorsteeg war ein strenger Vater, oft zu streng, fand Wendy. Und nicht selten fühlte sie sich von ihm überfordert und ungerecht behandelt. Alexa wurde immer vorgezogen, fand sie.

Eigentlich hatte Wendy ja gar nichts dagegen, daß die Eltern viel von ihr erwarteten – solange es um Pferde und um den Reiterhof ging. Bei der Schule und den Schularbeiten, fand sie, könnte der Vater ruhig mal beide Augen zudrücken.

„Du kannst doch nichts dafür, daß die beiden Pferde nicht mehr da sind", sagte sie zu ihrem Vater, als sie das Haus betraten. „Wir alle nicht!"

„Frederikson hat uns die Pferde anvertraut, und wir sind für sie verantwortlich. Wenn sie gestohlen wurden, müssen wir Schadensersatz leisten. Aber das wird Anton Frederikson nicht genügen. Er kann uns sehr schaden, er hat viel Einfluß in der Gegend – und wie ich ihn kenne, wird er es tun. Wenn es darum geht, Geld aus einer Sache zu rauszuschlagen, nimmt er auf niemanden Rücksicht. Ich kenne ihn. Aus diesem Grund mache ich auch keine Geschäfte mit ihm."

Das Frühstück verlief ungewohnt ruhig und in gedrückter Stimmung. Wendy redete sonst über alles mögliche mit ihren Eltern und der Großmutter, doch an diesem Morgen hing jeder seinen eigenen Gedanken nach, und selbst Oma Herta sagte kaum etwas. Alle machten sich Sorgen um die verschwundenen Pferde und um das, was zwangsläufig folgen würde.

Nach einiger Zeit kamen Mark Benson und Flavio Scalini herein, um Kaffee zu trinken. Sie hatten die Umgebung von Lindenhöhe abgesucht und auf mehreren Höfen gefragt, ohne eine Spur von Ajax von Achym und Catanac zu finden.

7 4967-8

Nachdem sie ihren Bericht gehört hatte, stand Wendy auf und ging hinaus. Sie quälte sich mit einem bösen Verdacht. Immer wieder mußte sie daran denken, daß sie in der Nacht vom Freitag auf Sonnabend geglaubt hatte, Oliver auf dem Hof zu sehen. Und er hatte so eigenartig reagiert, als sie ihn danach gefragt hatte. Außerdem hatte er Anton Frederikson in seiner Enttäuschung und seinem Zorn angedroht, er werde noch bereuen, was er getan habe. Und hatte er nicht von einem Plan gesprochen, über den er noch ein wenig nachdenken müsse? Und über den er mit jemandem reden wolle?

Wendy hockte sich auf die Bank und blickte auf den Teich hinaus. Dabei merkte sie kaum, daß sich Wuschel neben sie setzte und seinen Kopf auf ihr Knie legte. Gedankenverloren streichelte sie den Hund.

Wenn Oliver Ajax von Achym und Catanac wirklich aus dem Stall geholt hatte, um sie auf irgendeine weit entfernte Koppel zu bringen, wo sie nicht so leicht gefunden werden würden, dann war er zu weit gegangen. Das wäre einfach nur dumm und auch sinnlos, denn es würde Anton Frederikson nicht ändern. Und seine Einstellung zu Tieren auch nicht.

Ein bekannter Pfiff schreckte Wendy auf, und als sie sich umdrehte, sah sie Vanessa, Bianca und Oliver, die fröhlich lachend auf den Hof radelten und gleich zu der Bank am Teich fuhren.

„Ajax von Achym und Catanac sind verschwunden", sagte Wendy zu ihren Freunden. Ihre Stimme war tonlos.

Fassungslos starrten die drei sie an. Wendy sah Oliver an. „Ich möchte von dir wissen, wohin du sie gebracht hast, Oliver. Du warst es doch?"

„Ich?" Oliver legte seine Arme um Wuschel, der sich an ihm aufrichtete und ihm das Gesicht beschnupperte. „Wie kommst du denn darauf?"

Wieder hatte sie das Gefühl, daß er nicht ehrlich war. Sie stand auf und zog den Hund von ihm weg. „Los, Oliver, ich will jetzt wissen, ob du die beiden Pferde aus dem Stall geholt und weggebracht hast. Und keine Ausreden, bitte!"

„Wendy, wie kommst du darauf, daß es Oliver war?" fragte Vanessa. „Du kannst ihn doch nicht einfach beschuldigen!"

„Und ob ich das kann! Also?"

Oliver setzte sich auf die Bank. Nervös kaute er auf seinen Lippen und blickte die Mädchen nacheinander an. Schließlich nickte er. „Ich gebe zu, daß ich so was vorhatte. Es war der Plan, von dem ich gestern gesprochen habe! Ich war so sauer, weil Frederikson uns vom Bahngelände gejagt hat und weil wir den Pferden nicht helfen durften. Aber schon vorher wollte ich was unternehmen. Wir können uns doch nicht alles von diesem Mann bieten lassen, einfach alles so hinnehmen ...“ Oliver verstummte.

„Und was hast du getan?“ fragte Vanessa ungläubig.

„Ich war in der Nacht von Freitag auf Sonnabend im Stall bei Ajax und Catanac, aber dann habe ich sie doch nicht aus den Boxen geholt. Lindenhöhe hätte den meisten Ärger gehabt, wenn ich es getan hätte. Also bin ich wieder abgehauen. Es hätte auch nichts gebracht!“

„Was hätte es denn gebracht, wenn du Ajax und Catanac auf irgendeine Koppel oder einen Hof gebracht hättest?“ Vanessa griff sich an den Kopf, um zu betonen, wie unsinnig sie Olivers Idee fand. „Gar nichts!“

„Und den Pferden am Bahnhof hätte es überhaupt nichts genützt“, sagte Bianca.

„Ist da sonst noch etwas, was wir wissen sollten?“ erkundigte sich Wendy. „Erzähle es uns!“

Oliver schüttelte den Kopf. „Nein, nichts mehr. Ich habe eine Stinkwut auf diesen Pferdehändler, aber ich weiß, daß es vor allem Gesine und ihre Mutter trifft, wenn ihre Pferde nicht mehr da sind. Und ich habe Ajax von Achym und Catanac nicht angerührt. Glaubt mir!“

„Aber die beiden Pferde sind nicht da, und das bedeutet einen Riesenärger für meinen Vater.“ Wendy ließ sich wieder auf die Bank sinken. Sie blickte Oliver schnell an, und er wußte, daß sie ihm glaubte. „Es wird nicht mehr lange dauern, bis

Gesine und ihre Mutter kommen. Und dann ..." Wendy verdrehte die Augen. Sie brauchte nichts zu sagen, denn alle wußten, wie sich Frau Frederikson und Gesine aufregen würden. Und das wäre in diesem Fall auch verständlich. Es war einfach furchtbar, wenn Pferde gestohlen wurden, das wußten sie alle.

Deutliche Spuren

Eine Stunde später war Hauptwachtmeister Struwe aus der nahen Kleinstadt da. Umständlich, wie es seine Art war, besichtigte er die leeren Boxen der verschwundenen Pferde und befragte Flavio Scalini und einige andere Pferdepfleger. Struwe hatte ein schmales, blasses Gesicht, und er sah so aus, als fühle er sich den Aufgaben nicht gewachsen, die sich ihm als Polizisten stellten. Doch dieser Eindruck täuschte. Struwe war ein fähiger und erfahrener Beamter.

Vor den Stallungen hatten sich viele Leute versammelt. Es waren Feriengäste aus den Bungalows und Reiter aus der Kleinstadt und den umliegenden Dörfern, die entweder ihre eigenen Pferde auf Lindenhöhe hatten oder Pferde ritten, die der Reiterhof ihnen zur Verfügung stellte. Sie alle interessierten sich für das, was geschehen war, und zeigten Sympathien für Frau Frederikson und Gesine. Die meisten boten Gunnar Thorsteeg ihre Hilfe an, doch sie konnten kaum mehr tun, als bei ihren Ausritten die Augen offenzuhalten und nach den vermißten Pferden Ausschau zu halten. Als Struwe seine Untersuchungen beendet hatte, brachen die meisten Leute auf und verließen Lindenhöhe.

„Glaubst du, daß wir Ajax von Achym und Catanac heute noch finden?" fragte Wendy beklommen ihre Mutter, die ebenfalls nach draußen gekommen war.

„Ehrlich gesagt – nein", antwortete die Mutter. „Es sieht nach Diebstahl aus. Irgend jemand ist heute nacht in den Stall eingebrochen, hat die beiden Pferde herausgeholt und weggebracht. Struwe vermutet, daß sie auf der Bundesstraße in einen Transporter verladen wurden. Wenn es so ist, dann sind die Pferde jetzt schon weit von uns entfernt. Dann werden wir sie nicht wiedersehen. Du weißt, wie oft das geschieht ..."

Anton Frederikson, der von seiner Frau telefonisch verständigt worden war, fuhr jetzt auf den Hof. Er ging zu Gunnar Thorsteeg, sprach kurz mit ihm, dann verschwanden beide Männer im Büro.

„Auweia!" bemerkte Oliver. „Habt ihr den gesehen? Vieh-Anton sah aus, als ob ihm die Petersilie verhagelt wäre!"

„Der ist eiskalt", sagte Wendy. „Und jetzt versucht er, soviel Geld wie möglich bei meinem Vater rauszuschlagen!"

Sie hatten sich eine Zeitlang bei den anderen Reitern aufgehalten, kehrten nun aber zur Bank am Teich zurück, ihrem geliebten Treffpunkt.

„Können wir denn gar nichts tun?" fragte Bianca niedergeschlagen. Sie zupfte unentwegt nervös an ihrem Zopf herum; unruhig blickte sie von einem zum anderen, doch Wendy, Vanessa und Oliver blieben stumm. Die Situation schien ausweglos.

„Die Pferdediebe haben viele Stunden Vorsprung", sagte Wendy schließlich. Sie ging zur Koppel hinüber, die an den Teich grenzte. Miss Dixie stand am Zaun und streckte ihr den Kopf entgegen. Sanft legte Wendy ihrem Pferd den Arm um den Hals und streichelte die glänzende Mähne. „Struwe glaubt, daß sie irgendwo auf einer Autobahn sind und nach Süden fahren. Wenn das stimmt, sind sie bereits Hunderte von Kilometern von uns entfernt!" flüsterte sie. „Vielleicht sind sie sogar schon im Ausland!" Sie legte ihren Kopf an den Hals der Pintostute. „Ich bin so froh, daß sie dich nicht gestohlen haben!"

Vanessa blickte sich mißmutig um. Frau Frederikson stand noch immer mit Gesine bei einigen Gästen und redete erregt auf sie ein. Offenbar versuchte sie, die Leute davon zu überzeugen, daß es bodenlos leichtsinnig war, dem Reiterhof Lindenhöhe weiterhin Privatpferde anzuvertrauen.

„Ich schlage vor, wir satteln unsere Pferde und verschwinden für ein paar Stunden von hier", sagte Vanessa endlich. „Wir können hier nichts tun. Oder hat einer von euch eine Idee, wie wir Ajax von Achym und Catanac wieder herbeizaubern können?"

Sie waren alle froh, der gedrückten Stimmung auf Lindenhöhe zu entkommen. Daher sattelten sie ihre Pferde und ritten davon. Da die meisten Reiter sich zum Strand der Ostsee gewandt hatten, verließen sie Lindenhöhe in entgegengesetzter Richtung, wo sich dem Reiterhof ebenfalls Koppeln und mehrere Wäldchen anschlossen. Als sie über die Waldwege ritten, legte sich die Anspannung, unter der sie alle gelitten hatten, doch die gute Stimmung, die sonst herrschte, wenn sie zusammen waren, wollte sich jetzt nicht einstellen. Das Schicksal der beiden verschwundenen Pferde und des Transports nach Italien lastete auf ihnen.

Nach einiger Zeit überquerten sie die Landstraße und folgten einem Feldweg, der in weitem Bogen um das Anwesen des Bauern Niemayer führte. Ein alter Citroën kam ihnen entgegen und hielt, als er sie erreichte. Ein junger pausbäckiger Mann machte die Wagentür auf, stieg jedoch nicht aus. Er hatte struppiges blondes Haar und einen gepflegten Backenbart. Wendy kannte ihn. Es war Dr. Meyrink, ein junger Tierarzt, der Dr. Packmoor schon einige Male vertreten hatte. „Hallo, alle zusammen", rief er. „Wendy, ich hoffe, Ihr Vater hat Sie nicht geschickt, um nach mir zu suchen. Was ist denn geschehen?"

Sie erzählten ihm von dem Zwischenfall um Ajax von Achym und Catanac. Dr. Meyrink aber hatte schon davon gehört. Diese Dinge sprachen sich bei den Bauern schnell herum.

„Dieser Sonntag hat es in sich", sagte er und wischte sich die Stirn ab. „Sogar die alte Magdalene hatte etwas für mich zu tun. Ein Star hatte sich den Flügel gebrochen, und ich mußte ihn schienen."

„Magdalene?" fragte Wendy erstaunt. „Die hat Ihnen einen verletzten Vogel gebracht?"

„Oh, das ist nicht das erste Mal", antwortete Dr. Meyrink. „Sie ist eine seltsame alte Frau, aber sie ist sehr tierlieb. Sie kann Tiere nicht leiden sehen." Grüßend schloß er die Tür und wollte weiterfahren, doch Wendy hielt ihn zurück. „Warten Sie, Doktor Meyrink", rief sie. „Am Güterbahnhof warten Pferde auf ihren Abtransport. Sie müssen sich unbedingt darum kümmern. Wir müssen etwas gegen die Tierquälerei unternehmen."

„Güterbahnhof", murmelte er. „Ich weiß, Wendy. Ich war gerade auf dem Weg dorthin!" Ernst blickte er sie an. „Ich kümmere mich drum!" Danach hob er die Hand und fuhr davon.

„Meyrink hat gesagt, daß Magdalene tierfreundlich ist", bemerkte Wendy. „Sie kann Tiere nicht leiden sehen. Aber am Bahnhof leiden Pferde, und Magdalene wohnt ganz in der Nähe in dem alten Schuppen ..."

Vanessa blickte Wendy fast mitleidig an. „Aber Cousinchen! Ich verstehe, was du damit sagen willst, aber da irrst du dich. Die alte Magdalene kommt doch nicht nach Lindenhöhe, holt zwei Pferde aus dem Stall und führt sie durch die Gegend. Warum sollte sie auch? Ich kann mir vorstellen, daß sie die Pferde vom Bahnhof aus dem Pferch befreit, aber nicht, daß sie Pferde aus den Boxen von Lindenhöhe holt. Das wäre nun wirklich unsinnig, denn bei uns leiden die Pferde nicht, sie haben es gut!"

Wendy rief eifrig: „Habt ihr es schon vergessen? Magdalene war auf Lindenhöhe. Wir dachten, daß sie *uns* als Heuchler beschimpft, aber das war ein Irrtum. Uns hat sie erst später beim Niemayer Heuchler genannt. Auf Lindenhöhe hat sie Frau Frederikson und Gesine gemeint. Bestimmt hat sie Anton Frederikson am Bahnhof gesehen, und vielleicht hat sie Ajax von Achym und Catanac geholt, um Anton eins auszuwischen ..."

„Das glaube ich nie und nimmer", rief Vanessa. „Wohin könnte sie Ajax von Achym und Catanac denn schon bringen? Weit bestimmt nicht. Es ist nicht so leicht, zwei Pferde zu verstecken!"

Wendy blickte zum Niemayer-Hof hinüber.

„Dorthin vielleicht. Der Bauer gibt auf. Die Scheune und die Ställe stehen leer. Sie bieten sich als Versteck an. Und ihr wißt, daß man Pferde durchaus verstecken kann, wenn man will! Es kann nichts schaden, wenn wir zum Niemayer-Hof reiten und uns dort umsehen. Wenn Ajax und Catanac nicht da sind, haben wir es wenigstens versucht. Wir können das nicht so einfach auf sich beruhen lassen. Wir müssen etwas tun!"

„Ich bin froh, daß wir Doktor Meyrink getroffen haben", sagte Bianca. „Jetzt weiß auch ein Tierarzt über die Pferdetransporte Bescheid. Hoffentlich kann er etwas tun!"

„Kommt jetzt", drängte Wendy. „Erst zu Niemayer, später zum Güterbahnhof!"

Damit waren die anderen einverstanden, zumal ihr Weg ohnehin an dem Gehöft vorbeiführte. Sie trieben ihre Pferde an und erreichten bald den Hof. Der Bauer saß auf einer Bank unter der alten Linde und las in einem Heft über Computer. Als er sie sah, hielt er das Heft hoch, um es ihnen zu zeigen. „Ihr versteht sicher mehr davon als ich", erklärte er, „aber ich werde lernen, bis ich mich auskenne und damit Geld verdienen kann. Wenn ich als Landwirt kein Geld verdienen kann, werde ich es eben in einem anderen Beruf versuchen."

„Es könnte sein, daß Magdalene zwei Pferde von Lindenhöhe weggebracht hat", platzte Wendy heraus.

Niemayer lachte belustigt. „Magdalene? Nie und nimmer. Sie mag Tiere, ja, wenn es um Vögel, einen Igel oder ein Kaninchen geht. Aber Pferde?“ Er lachte wieder. „Nie und nimmer.“

„Meine Cousine glaubt, daß Magdalene die Pferde hier bei Ihnen auf dem Hof versteckt haben könnte“, sagte Vanessa laut.

„Auf dem Hof?“ Niemayer schüttelte verständnislos den Kopf. Er hielt das für blanken Unsinn, und er forderte die Freunde auf, sich überall umzusehen.

„Nicht nötig!“ Vanessa winkte schnell ab. „Wir glauben Ihnen auch so!“

„Ja, das stimmt“, meinte Wendy, während sie aus dem Sattel stieg. „Wenn Sie nichts dagegen haben, möchte ich aber trotzdem mal einen Blick in die Ställe werfen.“

„Nur zu!“ Der Bauer streckte die Beine aus. „Meine Frau wird's auch nicht stören. Sie ist im Haus.“

Nach einiger Zeit kam Wendy zurück. Die Pferde hatte sie nicht gefunden. Sie verabschiedeten sich vom Bauern und verließen den Hof.

„Also gut“, erklärte Wendy, als sie sich der Landstraße näherten. „Jetzt gibt es nur noch eine Möglichkeit. Wir sehen im Schuppen von Magdalene nach!“ Energisch trieb sie Miss Dixie an.

Oliver, Bianca und Vanessa folgten ihr, um sie aufzuhalten. „Vergiß es, Wendy!“ rief Oliver, als er zu ihr aufschloß.

„Sei doch nicht so dickköpfig“, bat Vanessa. „Jeder kann sich mal irren. Auch du. Ist doch nicht schlimm!“

Wendy aber ließ sich nicht von ihrem Vorsatz abbringen. Sie wollte sowieso zum Güterbahnhof reiten, und natürlich blieben Vanessa, Oliver und Bianca bei ihr.

Vor der ärmlichen Baracke, die Magdalenes Zuhause war, stiegen sie ab und banden die Pferde am Zaun fest. Vom Güterbahnhof her drang kein Laut herüber. Aber sie wußten, daß die gequälten Pferde dort waren.

Wendy öffnete die klapprige Tür des Zauns und ging auf die kleine Wohnbaracke zu. „Magdalene, sind Sie da?“ rief sie, und als keine Antwort kam, zog sie eine Holztür an der Vorderseite des Häuschens auf. Durch ein paar Ritzen in den Holzwänden fielen Sonnenstrahlen in das Innere der Baracke. Wendy sah hinein und erkannte eine ordentliche Bettstelle, daneben Töpfe und Tüten mit Lebensmitteln. Doch Wendy hatte nur Augen für ein paar Pferdeäpfel, die auf dem Boden lagen.

„Kommt her!“ rief sie. „Schnell!“ Und dann zeigte sie aufgeregt auf die Spuren, die Ajax von Achym und Catanac in der Baracke zurückgelassen hatten. „Sie waren hier! Darauf gehe ich jede Wette ein!“

„Die Wette gewinnst du“, sagte Oliver anerkennend. „Aber wo sind Ajax von Achym und Catanac jetzt?“

Die vier Freunde blickten sich erschrocken an. Fast gleichzeitig blickten sie zum Bahnhof hinüber, wo ein langer Zug mit Güterwaggons stand.

Schock für Gesine

Wendy stieg in den Sattel ihrer Westernstute. „Wartet hier auf mich“, rief sie. „Ich bin gleich wieder zurück!“

„Wo willst du hin?“ rief ihre Cousine ihr nach, als Wendy ihr Pferd antrieb.

„Zur Telefonzelle dort drüben“, antwortete Wendy über die Schulter hinweg. „Ich rufe Lindenhöhe an! Sie sollen alle kommen! Vor allem die Frederiksons müssen dabeisein, wenn wir die Pferde finden!“

Vanessa war anderer Ansicht. „Warum überzeugen wir uns nicht erst, ob es wirklich so ist, wie wir glauben?“ rief sie. „Wir sind ganz dumm dran, wenn Wendy sich geirrt hat. Dadurch vergeht kostbare Zeit!“

Aber Wendy war schon auf und davon.

Vanessa lenkte Asta auf das Bahngelände, das an diesem Sonntag leer und verlassen war. Die Gatter waren nun leer, denn die Pferde waren in die Waggons verladen worden. Von Transportbetreuern, die Anton Frederikson hätte aufstellen müssen, war nichts zu sehen. Er hatte nie die Absicht gehabt, die Pferde besser zu versorgen und dafür Geld auszugeben, das bestätigte sich jetzt.

Bianca und Oliver folgten Vanessa, und als sie die Verladeschuppen erreichten, kehrte auch Wendy von der Telefonzelle zurück und schloß sich ihnen an. „Ich habe meine Mutter erreicht", berichtete sie aufgeregt. „Es wird nicht lange dauern, dann werden die Frederiksons hier sein. Und vielleicht noch ein paar andere Leute!"

Vanessa wurde immer unbehaglicher zumute. Sie blickte an der Reihe der Waggons entlang. „Ajax von Achym und Catanac können hier nicht sein", meinte sie. „Die sind doch bekannt in der Gegend. Niemand hätte sie verladen!"

Endlos lange Minuten vergingen, dann tauchte das erste Auto auf. Es war der große Wagen von Anton Frederikson. Ihm folgte in einigem Abstand der Geländewagen von Wendys Vater, und danach kamen weitere Fahrzeuge.

„O Mann!" stöhnte Oliver. „Die ganze Reiterschaft von Lindenhöhe kommt angetanzt! Ich gebe zu, daß mir mulmig wird."

„Warum denn?" Wendy blieb ruhig und gelassen. Sie war voller Zuversicht. „Sei doch froh, daß so viele kommen. Je mehr Zeugen wir haben, desto besser ist es."

Der erste Wagen der Kolonne hielt, und Anton Frederikson, seine Frau und seine Tochter Gesine stiegen aus. Das Gesicht des Viehhändlers war ausdruckslos. Seine Frau ging steif hinter ihm her; Gesine blieb beim Wagen, sie starrte Wendy ängstlich an.

„Wo sind unsere Pferde?“ fragte Frederikson in einem Ton, der keinen Widerspruch duldete. Er wandte sich an Wendy. „Willst du behaupten, daß sie hier sind?“

Das Mädchen von Lindenhöhe stand neben ihrer Pintostute. Ruhig strich sie Miss Dixie mit der Hand über den Hals. „Ich will niemandem etwas einreden, Herr Frederikson“, erwiderte sie furchtlos. „Ich weiß, daß sie hier sind!“

Sie bemerkte, daß Gesine verstohlen lächelte, und plötzlich begriff sie, daß sie sich in diesem Mädchen getäuscht hatte. Die Tochter des Viehhändlers war nicht so, wie sie geglaubt hatte: oberflächlich, arrogant und dumm. Gesine war es nicht gleichgültig, daß Viehtransporte stattfanden und wie sie abgewickelt wurden. Doch sie hatte Angst vor ihrem Vater. Sie hatte nie gewagt, sich gegen ihn aufzulehnen. Ihre Mutter stand etwas abseits, sie blickte unsicher auf ihren Mann. Wendy meinte, ihre Gedanken erraten zu können. Ihr ging es nur um den teuren Catanac. Die Schlachtpferde im Zug waren ihr ziemlich gleichgültig.

Mittlerweile waren auch die anderen Fahrzeuge herangekommen. Gunnar Thorsteeg, Flavio Scalini, Mark Benson, Carl Ruthfuss und viele Reiter und Reiterinnen von Lindenhöhe kamen neugierig näher. Sie hörten Wendys Worte.

„Weißt du das genau, Wendy?“ fragte ihr Vater. „Ich hoffe, du hast nicht vor, uns irgend etwas zu demonstrieren, weil du glaubst, dadurch etwas ändern zu können.“ Er deutete mit der Hand auf die Güterwagen, und sie wußte, daß er die Pferdetransporte meinte.

„Ajax von Achym und Catanac sind in einem der Waggons“, behauptete Wendy ohne das geringste Anzeichen von Unsicherheit.

„In welchem?“ herrschte Frederikson sie an.

„Das ist ja unerhört!“ empörte sich seine Frau. „Wie kommst du dazu, so edle Pferde in diese Viehwagen zu sperren, Anton?“ Empört sah sie ihren Mann an.

Wendy blieb ruhig. „Wenn ich Ajax von Achym und Catanac in den Zug gebracht hätte“, erwiderte sie, „dann wüßte ich genau, in welchem Waggon sie sind. Aber ich war es nicht. Es war jemand anders ...“ Plötzlich schob sich die alte Magdalene an ihnen vorbei, ohne daß jemand bemerkt hätte, woher sie gekommen war. Ihre Hand zitterte, als sie den Gehstock auf Frederikson richtete. Mit flammenden Augen blickte sie ihn an.

„Sie hat recht“, rief die Alte. „Deine Pferde sind

8 4967-8

im Zug, du Heuchler. Ich habe sie hineingebracht, als die anderen aus den Gattern getrieben wurden. War ganz einfach!" Sie lachte triumphierend. „Und deine Leute haben nichts davon gemerkt! Du Mistkerl!"

Der Viehhändler packte sie am Arm. „In welchem Waggon?" herrschte er sie an.

Gunnar Thorsteeg kam der alten Frau zu Hilfe. „Immer mit der Ruhe, Anton", sagte er. „Du wirst Magdalene nichts tun!"

„Sie soll mir nur sagen, in welchem Waggon Ajax von Achym und Catanac sind", forderte er.

In diesem Moment traf Gunnar Thorsteeg eine Entscheidung, für die ihm seine Tochter unendlich dankbar war und die sie ihm niemals vergessen würde. Ernst schüttelte er den Kopf und entgegnete: „*Wir* suchen deine Pferde, Anton. Wir öffnen einen Waggon nach dem anderen, bis wir sie gefunden haben."

Er gab Flavio Scalini und Carl Ruthfuss ein Zeichen. Die beiden Männer standen bereits beim ersten Waggon des Güterzuges, sie öffneten die Tür. Mit Frederikson und Thorsteeg waren viele Reiter von Lindenhöhe gekommen. Sie alle waren Pferdefreunde, und sie alle sahen mit eigenen Augen, unter welch unerträglichen Umständen diese Transporte stattfanden.

In dem Güterwagen standen und lagen Pferde auf engstem Raum zusammen. Es waren so viele

Tiere im Waggon, daß sich keines von ihnen bewegen konnte, ohne andere zu treten oder zu verletzen. Mehrere der verängstigten Pferde hatten Wunden; davon waren einige frisch, andere hatten sie sich schon vor längerer Zeit zugezogen. Alle wirkten verängstigt und erschöpft.

Anton Frederikson hatte keinerlei Vorschriften beachtet. „Die Pferde sind nicht angebunden", sagte Gunnar Thorsteeg. „Sie haben bei weitem nicht genügend Platz. Es gibt keinerlei Schutz wie Kappen, Decken, Scheuklappen oder Fesselschützer. Bei keinem Pferd sind die hinteren Hufeisen entfernt worden, und die Pferde tragen keine Halfter, um nur einige Dinge zu nennen, die nicht in Ordnung sind. Von Einstreu im Waggon, von Futter und Wasser wollen wir gar nicht erst reden."

„Blödsinn", knurrte der Viehhändler. „Ich halte mich an die Vorgaben, die durch das Tierschutzgesetz gegeben sind. Was du da aufzählst, sind lediglich Empfehlungen eines Ministerausschusses im Europarat. Da müßte schon der Amtstierarzt kommen und die Dinge beanstanden."

„Das wird er", entgegnete Thorsteeg. „Dafür werde ich sorgen!" Er ging zum nächsten Waggon. „Ajax von Achym und Catanac sind hier nicht dabei. Sehen wir uns die anderen Wagen an."

„Nein, Magdalene soll uns sagen, wo die Pferde sind", forderte Frederikson.

Wendy bemerkte, daß seine Hände zitterten.

Der sonst so unnahbare Mann war blaß geworden.

Die alte Frau war ein wenig zur Seite gegangen; sie hatte sich auf den Boden gesetzt und lehnte mit dem Rücken an der Wand des Güterschuppens. Ihre Augen waren leer. Sie hatte ihr Ziel erreicht, sie hatte Aufmerksamkeit erregt, jetzt war sie zu erschöpft, um die Reiter von Waggon zu Waggon zu begleiten.

Gunnar Thorsteeg fragte Magdalene nicht erst. Entschlossen gingen er und seine Helfer weiter und öffneten Güterwagen auf Güterwagen. Viele Leute mochten schon beim ersten Waggon geglaubt haben, das Schlimmste gesehen zu haben. Doch in jedem Waggon sah es anders aus, und als sich in einem der Wagen unter den Pferden auch eine tote Stute fand, konnten einige Menschen kaum noch hinsehen. Sie wandten sich ab und gingen zur Seite.

Die beiden Schleswiger standen im fünften Wagen, den sie mit anderen Pferden teilen mußten. Sie befanden sich in einem erstaunlich guten Zustand, verglichen mit den meisten anderen Pferden im Waggon. Oliver wandte sich an den Viehhändler und bat ihn, die Kaltblüter aus dem Zug zu holen.

„Für sie muß es eine andere Verwendung geben“, sagte er. „Bitte lassen Sie die Schleswiger nicht schlachten!“

Doch Frederikson ließ nicht mit sich reden.

Unbewegt stand er in der Menge der Leute und mußte sich Beschimpfungen anhören.

Wendy blickte ihren Vater flehend an, und er reagierte, bevor sie etwas gesagt hatte. „Wir reden noch über die Kaltblüter, Anton", sagte er. „Ich werde sie dir zu dem Preis abkaufen, den du Niemayer gezahlt hast!"

Gesine schrie entsetzt auf, als Flavio Scalini den zehnten Wagen öffnete und sie Catanac und Ajax von Achym entdeckte, die mit angstvoll geweiteten Augen zwischen anderen Pferden standen. Wendy ging zu ihr, legte den Arm um sie und zog sie an sich.

„Ich schäme mich so", schluchzte Gesine. „Ich wußte ja, daß mein Vater so etwas macht, aber ich habe nie etwas gesagt. Ich hab mich einfach nicht getraut ..."

„Ich weiß", sagte Wendy leise. Auch sie konnte die Tränen nicht mehr zurückhalten. „Es tut mir so leid. Aber du mußtest herkommen. Ihr alle mußtet es sehen. Nur dann kann sich etwas ändern, wenn die Menschen Bescheid wissen ..."

„Bitte, holen Sie unsere Pferde da raus", wandte sich Frau Frederikson nun an Gunnar Thorsteeg. Ihre Stimme war tonlos. Sie sah ihren Mann nicht an.

„Das geht nicht so ohne weiteres", erwiderte Thorsteeg. „Dazu müssen die Waggons bewegt und an die Verladerampe herangeführt werden.

Ohne Zustimmung der Bundesbahn können wir nichts machen."

Anton Frederikson kam zu ihnen. „Das übernehme ich", erklärte er. „Es kostet mich zwar ein Vermögen, heute am Sonntag Bahnpersonal zum Bahnhof zu holen und eine Lok zu organisieren, aber ich werde das bezahlen ..." Zögernd sah er seine Frau an.

„Und vergessen Sie nicht, die Pferde mit Wasser und Futter zu versorgen", bat Wendy. „Wir helfen gern dabei!"

„Gesine und ich werden hierbleiben, bis Ajax von Achym und Catanac befreit und die anderen Pferde ausreichend versorgt sind!" erklärte Frau Frederikson zu aller Überraschung da.

„Vergessen Sie die Schleswiger nicht", sagte Oliver zu dem Viehhändler gewandt.

Frederikson blickte ihn wütend an, aber dann versprach er, mit Gunnar Thorsteeg über die Kaltblüter zu reden. Vorerst würden beide nach Lindenhöhe gebracht werden.

Zutiefst erleichtert ging Oliver zu Wendy, Vanessa und Bianca hinüber. „Mehr können wir vorläufig nicht tun", sagte er bedrückt. Die Schleswiger waren zwar gerettet, aber beim Anblick der gequälten Pferde konnte sich niemand recht freuen.

Wendy legte ihm die Hand auf die Schulter. „Wir haben viel erreicht, Oliver!" Und ohne Papas

Hilfe wäre es nicht möglich gewesen, dachte sie bei sich.

Vanessa meinte, es sei an der Zeit, nach Hause zu reiten. Ihre Reitpferde brauchten Ruhe, sie waren fast den ganzen Tag auf den Beinen gewesen.

„Frederikson kann nicht mehr zurück", sagte Wendy ernst zu ihren Freunden. „Außerdem muß er mit einer Anzeige rechnen. Es gibt schließlich auch andere Viehhändler, die mehr Verantwortungsgefühl haben. Vielleicht spricht sich ja herum, was hier passiert ist! Wir werden jedenfalls nicht aufhören, weiter gegen diese Gemeinheiten zu kämpfen, die Tieren angetan werden! Man muß es wenigstens versuchen!"

Sie sahen sich an. Jetzt mußten sie nicht mehr viel sagen, denn sie verstanden sich. Sie ließen ihre Pferde im Schritt gehen und ritten nach Hause. Der Wind hatte gedreht, er brachte frische, kühle Luft mit.

HELGA WEGENER-OLBRICHT
(Hrsg.)

Mein Pony ist mein bester Freund

Dies sind Geschichten von einem Ritt zu den Sternen, von Pferdeferien mit Überraschungen, von einem grauen Pony vor dem Deich und von glänzenden Rabenfedern in der dunklen Mähne einer Stute. Es sind spannende Geschichten von tapferen Pferden in Island, in Norwegen und in Irland, von einem Haflingerfohlen in Bergnot und einem alten Milchwagenpferd, dem Freund eines einsamen Jungen. Lustige und nachdenkliche Geschichten von Ponys und Pferden, den besten Freunden und Begleitern der Kindheit.

Bekannte Autoren erzählen die Geschichten:

Achim Bröger, Gunda Rademacker, Christine Lange, Rosemarie von Schach, Herbert Somplatzki, Inge Dillenburger, Uta Over, Sieglinde Dick, Kerstin Eitel, Christa Schütt, Sabine Jörg, Gabriele Kuhnke, Andrea Pabel, Edel Marzinek-Späth, Manfred Böckl, Renate Axt, Günter Huth, Ute Bauer und Jo Pestum.

Die besten Pferdebücher
Eine Auswahl

Ayres, Jane
Bilder, die lebendig werden

Böckl, Manfred
Der Rappe mit der Elchschaufel

Boëthius, Eva
Mein Pony heißt Freitag

Buddee, Paul
Aufregung im Ponyclub

Carey, Catherine
Evelyn und die beiden Ponys

Cetto, Gitta von
Jeden Tag hundert Pferde

Dillenburger, Katrin
Wir reiten, Midi!

Douthwaite, Wendy
Susan und ihr Traumpferd

Fenner, Carol
Der Sommer der Pferde

Hagström, Tulla
Das Jahr mit meinem Pony

Hall, Lynn
Schimmelstute Jessie soll leben

Hein, Erika
Wenn wir Freunde wären

Huth, Günter
Ein Mädchen, ein Pferd und ein Dingo

Jörg, Sabine
Mein Pony bleibt bei mir

Knowles, Anne
Ich helf' dir in den Sattel

Kruse, Max
Anna zu Pferde

Die besten Pferdebücher
Eine Auswahl

Langenstein, Danica
Ein Rennpferd in Gefahr

Lorentzen, Karin
Windsbraut und ihr Fohlen

Marzinek-Späth, Edel
Neues Pferd auf dem Hof!

Östman, Nan Inger
Siegesschleifen

Peyton, Kathleen M.
Ein Platz für ein Pony

Pfeiffer, Katrin
Unsere Pferde suchen ein Zuhause

Pinkwater, Jill
Die Wolkenpferde

Schach, Rosemarie von
Der Sommer der silbernen Stute

Siamon, Sharon
Ein Pferd für Josie Mond

Sütterlin, Klaus H.
Hoka, der Hengst aus der Südsee

Sütterlin, Klaus H.
Im Pferdeland der Pußta

Walbert, Helmut
Marco und das Pferd aus dem Regenwald

Wegener-Olbricht, Helga (Hrsg.)
Mein Pferd läuft mit dem Wind

Wegener-Olbricht, Helga (Hrsg.)
Mein Pony ist mein bester Freund

Wolde, Gunilla
Putte ist mein Wunschpferd

Wolde, Gunilla
Reiten mit Putte